あなたは、わが子の死を願ったことがありますか？

佐々百合子――【著】

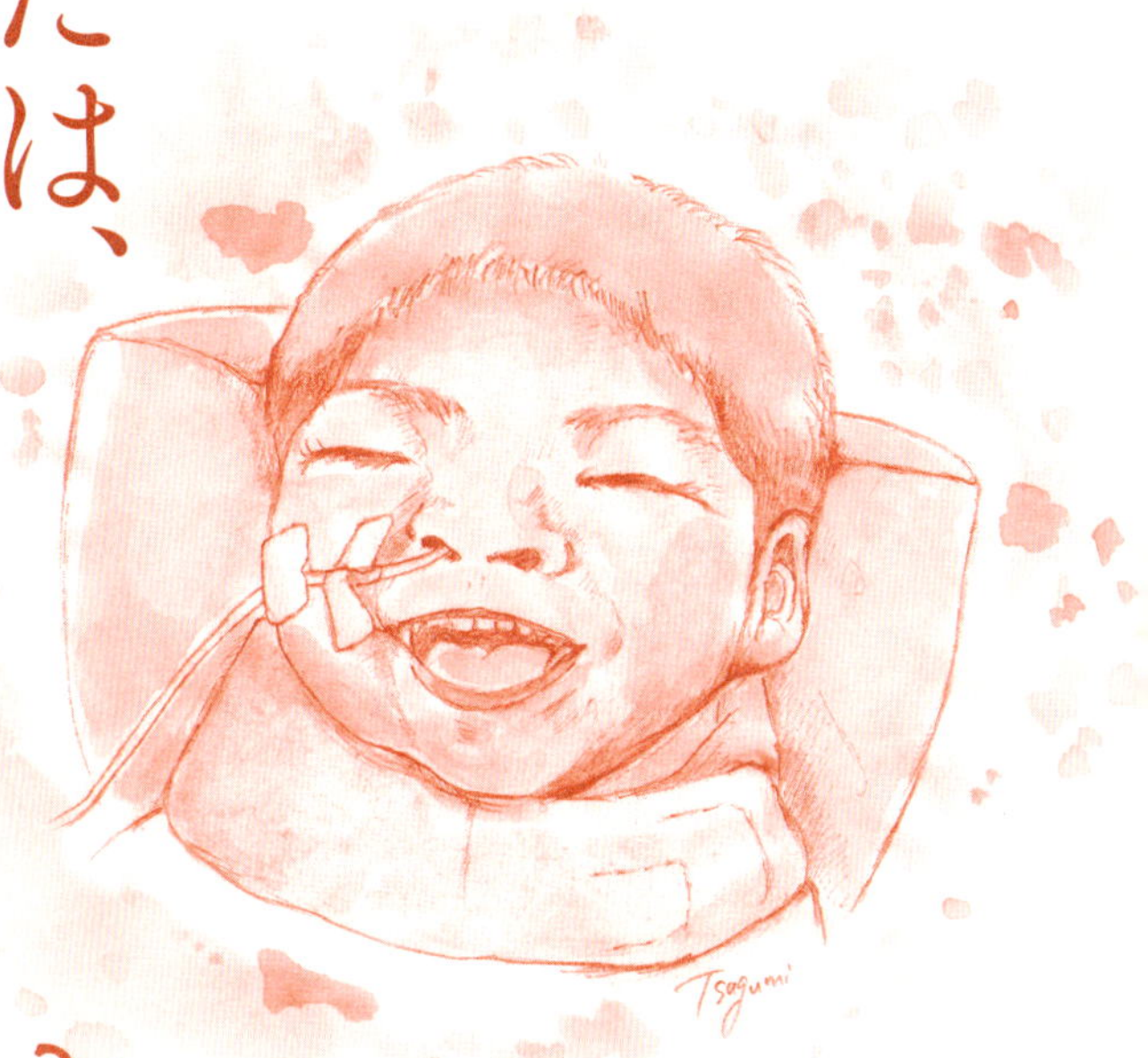

2年3カ月を駆け抜けた
重い障がいをもつ子との日々

現代書館

まえがき

「あなたは、わが子の死を願ったことがありますか？」

この問いに対してYesと答えることがあるなんて考えられますか？　私自身は、かつてこの問いにYesと答えることがあるなんて、想像してみたこともありませんでした。それは、そもそも、こんな問いを発する必要すらない世界に私がいたからです。

ところが、二〇一二年十月の時点で、私は、自分がひどい母親であることを自覚しながらも、子どもの死が私にとって一つの救いになるのではないかという思いを心の奥深くに抱えて生きていました。かつての無知な私は、何の疑いを抱くこともなく自然に、「母親なら子どもの幸せを願って当たり前」と思っていました。でも、二〇一二年十月の当時の私は、親として子どもの幸せや成長を願う一方で、その気持ちと同じぐらいの強さでわが子の死をも願っており、その矛盾する気持ちを心の奥深くにしまって表に出すこともできずに、自分がどこへ向かうのかも分からないまま呆然と生きていました。

想像することができますか？　わが子の死を願わざるを得ない心境を……。障がいをもった子どものことを受け止め、共に生きていこうと思うことは、少なくとも未熟な私には非常に辛く、全く別世界に一人取り残されたような、苦しい道のりでした。

かつて私は、一〇〇冊倶楽部という読書好きが集まるメーリングリストの有志を募って、熊本県人吉市にある球磨養護学校へ本の寄贈をしたことがありました。そして、重度の寝たきりで訪問教育を受けている子どもたちの家庭にも、絵本の読み聞かせをしに行きました。あの当時の私には何の悪意もありませんでした。本当に純粋な善意から各家庭を回っていました。しかし、その善意の気持ちと同時に、自分が良いことをしているという少し奢った気持ちがあったことも否定できません。重い障がいをもつ子どもとその家族の実態を全く知らず、とても軽い気持ちでの訪問だったと、今になって反省しています。家族仲良く笑顔で頑張っている姿に心を打たれ、素晴らしいと思いました。家族で協力して頑張っていて、素晴らしいという事実はもちろん今でも変わりません。けれど、当時の私は恥ずかしいことに本当に無知で何も分かっていませんでした。あの笑顔に至るまでに、どれだけ苦しみ、涙を流した過去があったことでしょう。もし私がもっと重い障がいをもって生きていることの実態を知っていれば、あの時、子どもたちや家族に寄り添った接し方ができたのではないかとの後悔の思いが消せません。

この私の思いを綴った本が出版されるときには、二つの矛盾する気持ちを乗り越え、障がいをもつ子どもを自分の家族として受け止めて、自らを少しでもひどい母親だと責めることがなくなり、胸を張って前を向いて生きていけるようにと願って、私は産まれたばかりの子どもとの日々の記録を書き始めました。これは、私のその時その時のリアルな心情を自分の気持ちの整理のために書き溜めた記録です。いつかまた、わが子を連れて、球磨養護学校を訪問したいとの思いを強くもちながら書き綴る毎日でした。

とても残念なことに、わが子尚武（尚くん）を連れて球磨養護学校へ行くことは叶わない夢となってしまいました。しかし、一人でも多くの重い障がいをもつ子どもとその家族が、笑顔で自分の望む生活をしながら共に生きていける社会になるようにとの願いと、重症心身障害児を抱えたわが家の生活を支えてくれた多くの方々への感謝の気持ちを込めて、この本を届けます。

あなたは、わが子の死を願ったことがありますか？＊目次

第一章　運命を変えた出産

○始まりの日

今になって思えば、全ての始まりはあの日だった。二〇一二年八月一日深夜のことだ。出産を目前に控え、軽い前駆陣痛のようなものを感じる。前日も前駆陣痛があったので、再び産婦人科に電話し、病院の看護師と相談した。その場は、まだ耐えられるぐらいの痛みだったので、もう少し様子をみることにした。

そして午前三時半頃。今までとは違う強い痛みに襲われた。なぜか急に体がぶるぶると震え出してその震えが止まらない。震えを止めようとしても止めることができない。明らかに様子がおかしい。急いで病院へ行かなければと直感した。でも、必死で立ち上がろうとしても体に力が入らず立ち上がることもできない。その時の私にとにかくできたのはただ丸くうずくまることだった。そして、お腹は石のように硬くなり、お腹にいる赤ちゃんはまるで固まったようで全く動かなかった。どうにかしなければと焦れば焦るほど手足に力が入らず、そんな状態でも何とか気力を振り絞って、転がるようにして車に乗り込み、産婦人科へ駆けつけた。

産婦人科に到着してから、靴を脱いだのかどうかもよく覚えていない。とにかくエレベーターに乗って、フラフラになりながら訳も分からず分娩台によじ登った。看護師がやってきて赤ちゃんの心拍を測ろうとしたようだったが、心拍がかなり弱くなっていたのか、拾うこともできなかった。当直の産科医が「これじゃだめだ。超音波（エコー）を持ってきて」と言って、そのエコーで赤ちゃんの心臓を探し当て、その拍動の様子を見ながら、目で赤ちゃんの心拍をカウントした。心拍は胎児の通常の心拍の約半分の六〇以下に低下していた。そして、その産科医から告げられたのが次の一言。「可哀想だけれど、もしかしたら、赤ちゃんは助からないかもしれないよ」。

この時、自分でもかなり混乱していて精神状態もめちゃめちゃで、自分が何を話し、何を思ったのかは霧に包まれたようではっきりと思いだすことができない。でも、まるで映画のワンシーンのようにいくつかの場面が鮮明に記憶に残っている。とにかく病院の院長先生を呼んでいるから、到着し次第、緊急の帝王切開になるとのことだった。赤ちゃんが助からないかもしれないと聞いて、私は「姉のMに何て説明をすればいいんだろう？」と思ったり、「死産だったら育休は取れないなぁ」と思ったり、果ては「お腹切るのか〜。痛いだろうなぁ、嫌だなぁ。何とか切らずにすませられないのかなぁ」なんてのんきな考えが浮かんだりしていた。恥ずかしいことに、私は全く自分が今置かれている状況というものを理解していなかった。すぐに駆けつけるからと言われてから院長先生の到着を待っていた時間が、私には何時間にも感じられるほどとにかく長く、永遠に続くかのように感じられるものだった。部屋の外では、眠いところを無理やり起こされて愚図っている長女Ｍの声も聞こえてきた。

しばらくすると院長先生が駆けつけてきて、私は手術室に運ばれる。手術台に移されるとすぐに麻酔を打たれ、仰向けになったかと思う間もなくすぐにお腹が切られたのを感じた。痛くはなかったが、切られたという実感がはっきりとあった。切られたと思った直後の午前四時四五分、赤ちゃんは私の左側ですぐに蘇生措置が取られていた。この時の赤ちゃんの様子、病院のスタッフの様子はなぜだか詳細に描写することができるぐらい克明に覚えている。赤ちゃんは、蘇生措置を行ったらすぐに「ギャー」と泣き、自力呼吸もすることができていた。その様子を見て、私はどうやら生きている、無事だったのだとホッと安堵した。この時、私はわが子に障がいが残る可能性などみじんも考えてもいなかった。

そして、事前に連絡を付けて呼んでいた新生児科の医師がタクシーで先に駆けつけて来ており、その後に到着した救急車に乗せられて、赤ちゃんは夫とともにＮＩＣＵ[1]のある病院へ搬送されていった。

今でも何度も思い、考えてしまう「なぜ」と「もしも」が私にはある。それは、なぜもっと早く病院へ行かなかったのか、なぜ一回目の電話の時点で病院へ行こうとしなかったのか、もしかしたら前日にもう一度診察に行けばよかったのではないか、もしもそうしていたらこうならなかったのではないか、というとても強い後悔の思いである。過ぎてしまったことであり過去は変えられないことは十分理解しているし、だからこそ考えても仕方のないことだと分かっているけれど、エンドレスに頭の中を巡ってしまうこの思いが消えることは一生ないだろう。そして、そのことが今の私をひたすら辛く、暗く、苦しくさせている。

後になって調べて分かったことだが、私に起こった常位胎盤早期剝離というのは全妊娠の〇・四四～一・三三%程度に発症すると言われているものだった。胎盤の剝がれる面積が小さかったり、進行がゆっくりであったりすれば母児とも無事に助かる場合もあるが、病院へ行った際にすでに胎児が弱りきっていると、尚くんのように緊急帝王切開で赤ちゃんを娩出して新生児科医に蘇生処置を実施してもらっても脳性麻痺などの障がいが残る場合がある。それだけでなく、自宅で発症した場合や他院からの母体搬送となった場合には、来院時にすでに胎児死亡となっている場合が非常に多いものだった。また、胎盤後血腫のために母体の血液の状態が変化してＤＩＣ(2)という状態になると、血が止まらなくなり、出血のために母体の生命が奪われることもあるそうだ。尚くんも、そして私も、もしかしたら常位胎盤早期剝離を起こした中では運が良かったほうで、自分の命も危ないかもしれない状況だったとは、帝王切開を受けているときには考えもしなかったことだった。

○産婦人科での入院生活

緊急手術当日は、動揺が収まらず目が冴えてしまい、ほとんど寝ることができなかった。今何時だろうと思って時計を見ると、その時間は五分も経っていないのだ。救急車で総合病院へ向かった夫からの連絡が来るまで、呆然と天井を見つめながら過ごしていた。入院生活中は、とにかく帝王切開の傷が痛かった。赤ちゃんと一緒に救急車で病院へ行っていた夫から、赤ちゃんの様子を聞くまでの時間がとても長く何日にも感じられた。とにかく命に別状はないとのこと。それを聞いてこの時は何も考えることなく、心の底から安堵した。助かって良かったとどれほど思ったことか……。この時の生きていて良かったという強い喜びの思いが、のちに苦しむことになる私を生かすための支えになるとは、この時点では思いもしなかった。

命に別状はないと聞いて安堵すると、今度は一転して周りのママたちは赤ちゃんと一緒なのに、自分だけ横に赤ちゃんがいないことが無性に寂しくなった。人間は、私は、何と欲張りな生きものなのか。産科の病院に入院しながら、赤ちゃんを抱っこしているお母さん、それを嬉しそうに見ている家族の姿を見るたび、赤ちゃんがそばにいないことを実感して辛く悲しい気持ちになった。入院中で帝王切開の傷も痛むためにまともに身動きできない自分にできることはただ一つ、赤ちゃんのために母乳を搾乳し続けることだけだった。何と寂しい、むなしい時間だったか。

それでも入院中に二回ほど、外出許可を得てＮＩＣＵに面会に行くことができた。大量の出血で貧血気味の状態で、手術の傷を庇ってヨチヨチフラフラしながら出かけた。面会に行った先で会えたのはたくさんの管をつけられて眠っている我が子だった。何でこんなことになってしまったのだろうと、見れば見るほど痛々しい思いだけが残った。でも、生きていて良かった、頑張ってくれてありがとうと、この時はまだ心からそれだけを思っていた。そして頭の片隅に後遺症が残るかもしれないという不安を押し込めて、あの状況で生きていたのだから大丈夫だと、強く祈るように願っていた。

○私の退院後、尚くんが退院できるまで

私が産婦人科を退院して自宅に戻ってからも、赤ちゃんが一緒に家に帰っていないという事実は、やはり寂しく、辛いものだった。まだ事情がよくつかめていない二歳になる姉のＭから、「どうしてママはお腹を切ったの」と何度も何度も尋ねら

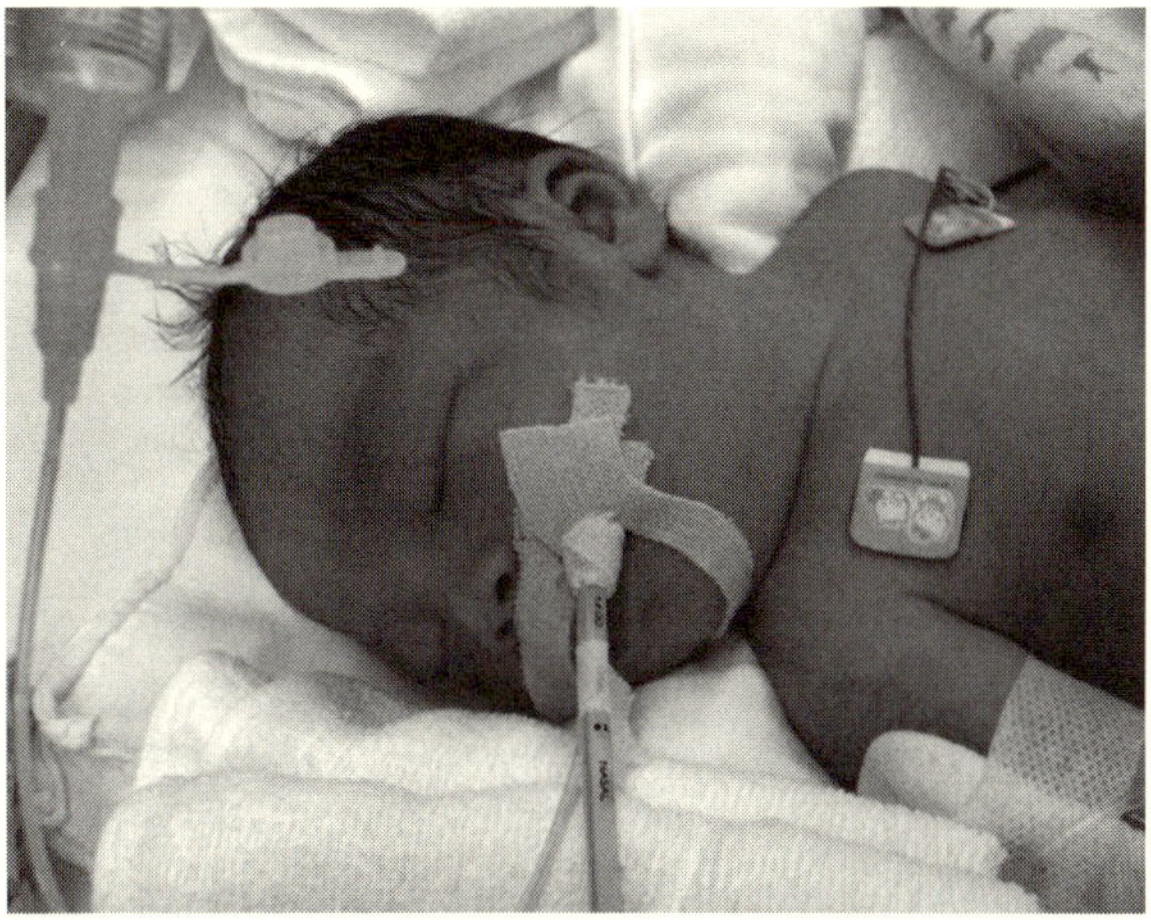

生後３日目の尚くん。脳低温療法が終わり、薬で眠っている。

れ、そのたびに一つひとつ順を追って説明していた。そしてその説明のたびにいつも、あの夜の痛みや「赤ちゃんが助からないかもしれない」と産婦人科医に言われた恐怖の瞬間を思い出すことになり、だんだんと説明することが苦痛になっていった。

　わが家は車を所有していなかったため、尚くんが入院している病院まではバスで片道四〇分ほどの時間をかけて出かけていた。このバスに揺られて行くというのは、まだ術後の傷の痛みも癒えておらず、精神的にもダメージを受けていた私には思っていたよりも大変で、辛く悲しい病院通いの日々だった。いつも俯いて涙を流しながら、バスに乗っていた。そして病院に入る前に、尚くんの看護師や主治医を心配させないため、笑顔になるようにと気持ちを無理やり切り替えていた。ただ、当初のうちはまだ後遺症はないかもしれないという希望というより願望に近い思いをもち続けていた。ひたすら退院できる日を心待ちにしながら、時間の許す限り病院に通っていた。

　しかし、ＮＩＣＵからＧＣＵ[3]に移り、哺乳瓶でミルクを飲ませたり、直接母乳を与えたりする練習を始めたところで、頭の片隅に閉じ込めていた不安がどんどん強くなり、やはり何かあるというちょっとした疑惑が生じ始めていた。なぜ哺乳瓶でのミルクや母乳を上手に飲むことができないのか？　母乳を飲ませようとしたときや哺乳瓶をくわえさせようとしたときに、姉のＭのときと比べて明らかな違いを感じずにはいられなかった。単に、まだ哺乳瓶やおっぱいを飲むことに慣れていないからという理由だけではないと、半ば確信をもつようになっていた。

尚くんはお腹が空いていてミルクを飲みたそうなのに、首を振ってしまい舌が乳首に絡まず吸い付けずにいて、どんどんと焦って泣いてしまうためにすぐに飲み始めることができないのだ。赤ちゃんが本来もっている吸啜反射が正常に働いていないようで、何だかとても嫌な予感がしていた。そして、嫌な予感が的中し、私が抱いていた微かな希望を奪い去ったのは、入院途中から追加されたフェノバールという薬の投薬と退院予定直前に撮ったＭＲＩの結果だった。

このＭＲＩの結果は、尚くんの状態を見ていた主治医の話によると、想定していた脳の画像の中で最悪の状態だったのだ。ＭＲＩを撮ったら退院できるという話になっていたので期待して準備していたにもかかわらず、このＭＲＩの結果を受けて退院の予定を見合わせることになった。再びいつ退院できるのかがはっきりせず、また振り出しに戻ってしまったショックは大きかった。そうか、だめなのか……と。予定が立たないこと、先が見えないことは、私自身をかなり精神的に追い詰め

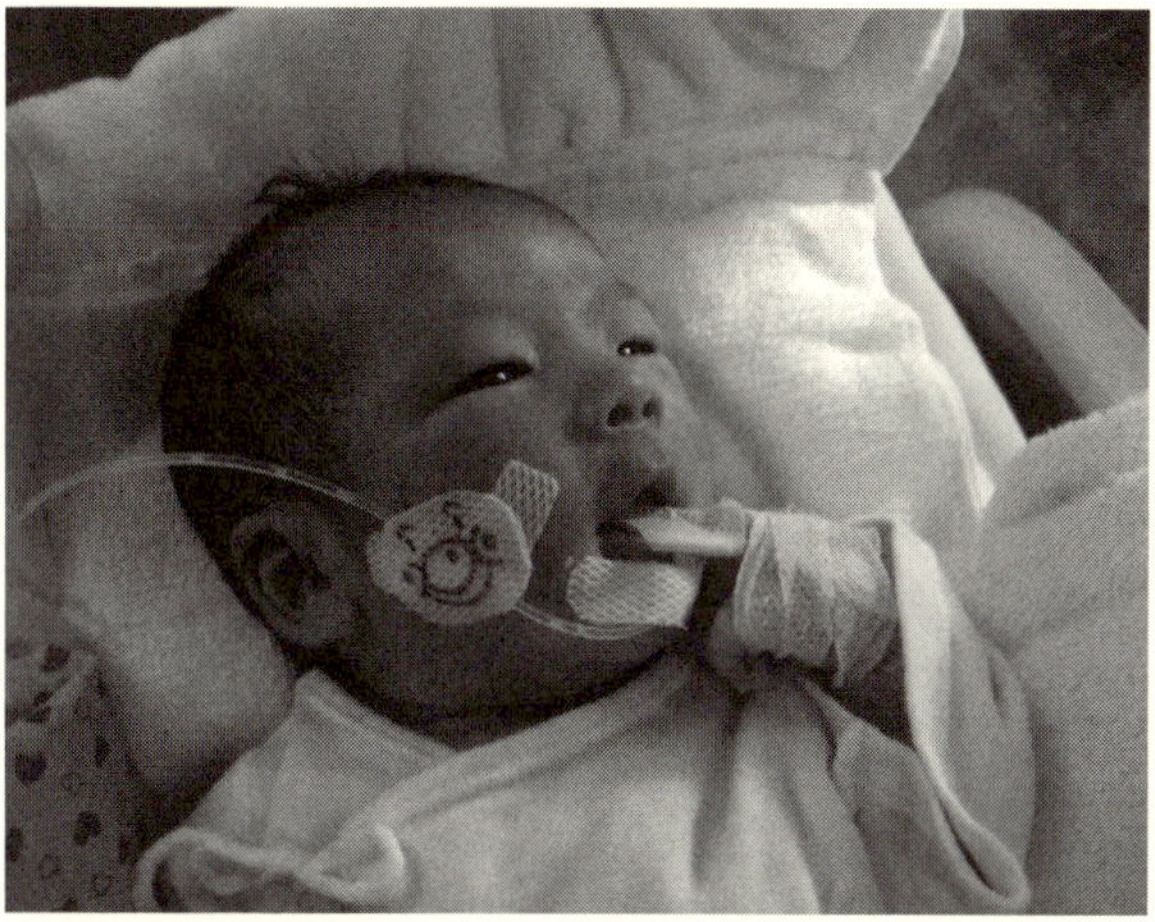

NICU から GCU へ移り、指しゃぶり ?!

るものだった。その後、主治医の先生と会って尚くんの病状についての話をすればするほど暗い気持ちになった。先生と話をしなくても、先生の姿を見るだけで吐き気をもよおし、食事が喉を通らなくなった。尚くんには会いたい。いや、会わなければいけないという親としての義務感のようなものを感じていた。でも先生には会いたくない。毎日がとにかく苦しかった。毎晩、姉のMと夫が寝た後に、起きて部屋の隅で一人泣いていた。退院できない尚くんのために私にできることは母乳を搾乳することしかなくて、直接吸ってもらえず出なくなりつつあった母乳を必死の思いで搾乳していた。あまりに切羽詰まり必死になりすぎて、青あざができるほどに搾乳した。

主治医の話では、発作が出たり口から飲めなくなったりすることを想定しているようで、この先いずれ経管栄養という状態になるとのことだった。それなら、せめて今の何も管がついていない姿で退院させたいという思いが日に日に強くなっていった。姉のMに身軽な管のない姿で触らせてあげたいと願った。ＮＩＣＵやＧＣＵには子どもは入室することができなかったので、姉のMはいつまでも自分だけが部屋に入ることができず不満を募らせていた。病院に見舞いに行くたびに、まだ二歳のMは「私も尚くんのところに行きたい。抱っこしたい。いい子にちゃんとするから。お願いだから……」と泣くようになっていた。

ちなみに、ここまでの内容から、私が尚くんのことを一生懸命に考えている母親のように思えるかもしれないが、実際の私の心の中は、尚くんのこと以外が占めている部分が多かった。

例えば、主治医からの話を聞いて真っ先に私の頭をよぎったのは、「尚くんのような弟がいて、姉のMは将来結婚できるだろうか。苦労しないだろうか」という漠然とした不安だった。寝たきりの重度の障がい者が家族にいるということは、自分には全く未知の世界の暗闇に足を踏み入れることと同じだった。何よりも心配だったのは、実は今まで育ててきた姉のMのことだったのだ。病院で赤ちゃんを可愛がる様子を見せている私は、あくまでそう振る舞っているだけで、尚くんが可愛いという思いは余り抱くことができず、ただ可哀想に思うだけだった。むしろ、姉のMが可愛いという思いが強まるばかりだった。そしてMを保育園に迎えに行ったときや買い物で外出した際に、知り合いに出会って「赤ちゃん、産まれたのですね。おめでとうございます」という言葉をかけられると、とても複雑な気持ちになった。果たして、これはおめでたいことなのだろうか、私は障がい児の親になってしまったのだという思いが過ぎり、何と答えたらよいのかと戸惑う毎日だった。

この頃の私の気持ちを記した日記が残っているので、それをそのまま記載しておく。

二〇一二年九月七日

Hさんの叔父さんのA先生を通じて、退院時期が未定となってしまったことへの不安を伝えたため、主治医のK先生、T先生と話をする時間をもつ。

できる限りこちらの希望に沿ってくれるような印象。退院時期を夫がいる九月中にするには、私が安心して受け入れることができるかどうかが重要になるという話。いずれ近いうちに尚くんが口から飲めなくなること、それと時期を同じくして突っ張りなどの症状が出ることを告げられる。

退院のためには、それに対応できることが必要で、注入による栄養の与え方、突っ張りに対するリハビリ方法、救急救命措置などを習得しなければならない。最悪の場合には、首が据わらず、一生寝たきりのこともある。てんかんの発作も出る可能性があり、入退院を繰り返す生活になることを覚悟しなければならないと……。

先に対する不安から少しでもイメージを持ちたくて退院を急ぐ気持ちがある一方で、現実に返ると私一人で夫もいない状態で子ども二人を抱え、そのうち一人が障がい児で果たして乗り切れるのだろうか……という不安があり、退院時期について、こちら側の希望を伝える返答ができなくなった。

帰宅して、夫、父、母に病院でのドクターの話を告げる。何となく重苦しい雰囲気で話は終わった。夜もあまり眠れず。

二〇一二年九月八日

昨日からずっと考え続けた。どうするのが私にとっても尚くんにとってもいいのか。私は尚くんを愛したい、生まれてきて良かったと思って生きていきたい。そのためには、どうするのがベストなのか。夫と話をした。友人の良奈《らな》ちゃんとも話をした。自分が、尚くんがいなければ……と心の片隅で思ってしまうことが苦痛だった。母親失格という思いが辛かった。まだ、受け止められていない。いつか、神様からのギフトだと思える日が本当にくるのか……。

朝から全く食欲が湧かない。朝食を作る気にもならない。夫にお願いして準備してもらったけれど、食べることも苦痛。私はまだ少しも受け止められていない。ミクシィやFacebookに書いたほどの覚悟もできていない。ただただ、自分の辛さだけが先行している。何が辛いか。尚くんがいなければと思ってしまうことがある自分。そして、母親である私にそう思われてしまう尚くん自身があまりに可哀想で辛い。何の罪もないのに重いものを背負って生まれてきてしまった尚くんが、それではあまりに悲しくて切ない。そして、弟に対して「尚くんかわいい」「尚くんを早く抱っこしたい」と言っている姉のMの姿が切ない。マンションで、保育園で、おめでとうと言われることが辛い。

同時に私を苦しめているのは、子ども二人を抱えた三人だけの母子家庭の生活。特に夜。夫がいない夜に何かがあったらという恐怖。だからこそ、少しでも早く退院させ尚くんとの生活に慣れたかった。だから、退院の目処が白紙に戻った時、恐怖で目の前が真っ暗になった。こんな気持ちのまま、退院を迎えることができるのか……。母とも話した。

退院を急ぐことは、尚くんのためになるのだろうか？　母親である私が、こんな色々な恐怖を抱えていて、尚くんは、姉のMは幸せなのだろうか？　ずっと一日中考えてばかりいた。Mと遊びながら、友人の良奈ちゃんと話しながらずっと。

余りに煮詰まってしまったので、方向性を変えて、秋田に行くことを想像してみた。四月まで尚くんを入院させておくとどうなるのだろうか？　とイメージしてみた。傍から見れば、病院に子どもを預けっぱなしのひどい親かもしれないけれど。そうすると、少なくとも夫がいない恐怖の夜が無くなる。私はMとゆっくり過ごすことができる一方で、Mの保育園の時間は尚くんとの時間を安心してもてる。当初あった母乳への執着も少し落ち着いてきた。私が尚くんにしてあげられることは母乳をあげることだけではない。長い人生で起きることから見たら、母乳にそこまでこだわる必要もない。病院にはいつまで入院させておくことができるのだろうか？　半年ぐらい経つと、ある程度尚くんの状況も見えてくるかもしれない。ただ一つ、姉のMと尚くんの肌で触れる時間を作りたい。それも尚くんに色々なチューブとかが通される前に。

話を補足しておくと、夫は秋田で働きたいという長年の夢を実現するため、九月末には単身秋田に引っ越しをして、特許事務所を開設する準備をしていた。これは、尚くんが産まれる前から決めていたことであり、一度きりの人生だからやりたいと思ったことはすればいいと、私

も応援していたことだった。当時は、出産がこんなことになるとは想像しておらず、順調に子育てできると思っていたからこそ賛成したことだった。しかも、尚くん出産当時に住んでいた場所は、夫の会社の社宅扱いで住んでいたため、先の全く見えなくなった色々な状況の中、私たち家族はこの時期一度、同じ町内の別の場所へ引っ越しをしている。

なかなか気持ちが落ち着かず、四時間から八時間はぶっ通しで泣き続けることもあるという尚くんの状態を伝え聞き、この先の自宅での「母子家庭」生活に対して強い不安を抱いていた。少しでも尚くんとの生活に慣れるために、夫が秋田へ引っ越してしまうまでになるべく早く家族四人揃っての生活をしたいと何度も要望したところ、夫が秋田へ引っ越して行くのが目前に迫った九月二十五日に、尚くんはようやく退院することが決定した。

一度決まっていたはずの退院時期が未定とされてしまってから何度も主治医と話し合いをしていた。しかし、何となく曖昧な回答がされるばかりで何を懸念しているのかもはっきりせず、いつ退院できるかも全く分からない闇の中にいた。しかし、私たちが、病院としてははっきりと退院時期を決められないというのなら、秋田の冬が一段落する三月末頃まで長期に尚くんを入院させておきたい、そうしてくれれば、その後に一家で秋田に引っ越しをするかなどをゆっくり考えることができるので助かるという話をしたことがあった。すると、主治医から病院はそのように病状に関係なく入院できるところではなく、状態が安定したら退院してもらうところなのだという話をされて、何と、逆に早く退院を迫るような雰囲気に態度が急変したのだった。

これには、私も夫も驚いたが、いつまでも入院することができないならば、夫がこちらにいるうちにできるだけ早く退院させたいと考え、退院の準備を開始した。そして、尚くんが夜間どんな様子で過ごしているのか、自宅で対応できるかを確認するため、夫と私がGCUに隣接する部屋に尚くんと共に一泊するというシミュレーションを行ってくれた。私たちの不安がなくなるように、もし不安があったら何度でもシミュレーションしても構わないし、いくらでもお付き合いしますというように看護師長は言ってくれた。

しかし現実には夫の引っ越し時期は目前に迫っていて、何度もシミュレーションをすることは不可能だったし、一回シミュレーションができるかどうかも怪しいぐらいの時期だった。こんなことになるのなら、何のために退院時期を延期したのかと、病院への不信感と疑問が強く残った。一番の不安は、尚くんの状態に慣れていない状況で私が子どもを二人世話しなければならないことだった。だからこそ、まだ夫のサポートが受けられるときにより早く退院して、どこまで自分たちでできるのか、できないのならどんなサポートが必要なのかを考えたかった。そのためには、早く退院させてもらって実際の生活をスタートするほうが不安が少ないという私の心情を、病院スタッフは理解してくれていなかったように思う。少しでも早く退院して、夫も一緒に家族四人で過ごす生活を開始したほうが、私の精神衛生上も実際の生活の上でも良かったのではないかと今でも思っている。

非常に残念なことだが、この時点では、入院中の主治医とはあまり良い信頼関係をもつことができずに終わった。医師や看護師たちが何度も「大丈夫ですか？　不安なことはないですか？　いつでも何でも言ってくださいね。」などといつも声をかけてくれていた。しかし、私も夫もそんなふうに言ってくれても、結局は自宅に帰った後に彼らが何もしてくれないしできないのだということをよく分かっていた。不安なことを伝えてもほとんど自分たちが希望するような支援は存在しないし、病院を出ればここのスタッフとの関係はそれまでなのだということを実感していた。尚くんが重度の障がいをもつことになるという事実に直面し、まだ受け止めることもできず戸惑っている私たちの気持ちにもっと寄り添った対応をしてもらいたいと思ったものだった。

私が一人で病院に面会に行った際に、次は夫がいつ来られるかと主治医に尋ねられることは、私にとってはまた何か問題があるのだろうな、今度は一体どんな悪い話があるのだろうと恐怖を感じさせるものだった。病院側は退院してしまえばひと段落。後のことについては「そうですね。大変ですよね。心配ですよね」と言うだけで、具体的に何かをしてくれるわけではない。ＮＩＣＵやＧＣＵを出て退院して、もし家で何かあったら、次に入院するのは小児科の病棟で、一度外に出たら二度とここに戻ってくることはできませんと言われたこともある。もちろん、それは事実で仕方のないことなのだけれどその言い方がきつく、まるで退院したら縁が切れてもう終わりなのだと言っているようでもあった。

退院に向けて準備するなかで、我が家は夫が秋田に単身で行ってしまうし、四月頃には一家で秋田に引っ越しをする予定だという特殊事情を抱えていたこともあり、病院にいるソーシャルワーカーとも話をする機会が何度かあった。尚くんと一緒に生活していくためにどんな支援があるか、それが今住んでいる江戸川区と引っ越すことになる秋田市でどう違うのかなどを調べてもらうようにお願いした。しかし、得られた情報は残念ながら既に私たちが知っているものばかりだった。この時は、そんなネットをちょっと調べたら分かるようなことじゃなくて、もっと役に立つ情報がないのかと思い、ソーシャルワーカーという名前の付く職種があってもほとんど意味がないし、相談しても無駄だと思ったものだった。

しかし、後から冷静になって考えてみると、もし調べる時間や気力がないほど落ち込んでいたら有用だったたろう。でも、誰がいくら調べてみても、親が育てて当然という考え方が前提にあるようで、両親が健全である場合の乳児への支援は現実には存在していないということなのだ。退院に向けての準備が進むなかで尚くんを担当していた看護師は、「本当はママがいいと思うようにできるのが一番なのだけれど、退院の時期など要望をかなえてあげられなくてごめんなさい」と言ってくれたことがあった。そして面会に行くといつも「尚くん可愛いわ。大好き」と言って、母親である私以上に本気で可愛がっていてくれていた。私が退院することに踏み切れたのは、この看護師の温かい言葉や態度があったからかもしれない。絶望の中で当時の私が病院に唯一感謝していたことは、この看護師との出会いだった。今でも、とても感謝している。

○「母子家庭」生活

九月末、とうとう夫が秋田へ旅立ってしまった。正直言って私はこれから始まる「母子家庭」生活に対して全く自信をもつことができなかった。一週間弱の家族四人での生活だけでは、先の見通しも全く立たず、明日どうなってしまうのかさえ自分では想像もできなかった。

この後、結局これ以上の「母子家庭」生活は不可能だと判断して、家族全員で秋田へ引っ越しをするまでのことは、実はあまりはっきりと覚えていない。とにかく毎日が精いっぱいで、その日一日を乗り切ることに必死だった。この二カ月の「母子家庭」生活を支えてくれたものは、在宅療養をする子どものために二四時間で対応してくれるあおぞら診療所のドクターたち、訪問看護ステーションの看護師、地域の保健師、そして育児支援のヘルパーだった。不安でいっぱいの私に対していつも笑顔で接してくれた。それでも、尚くんが今後どうなってしまうのかという私の疑問と不安には誰も答えてくれなかった。それは成長してみないと分からない、答えのない疑問だったから仕方がないことなのだが、それでも私は何か答えが欲しくて仕方がなかった。答えがないことは十分に分かっていたが、家に訪れてくる医師や看護師には、色々と聞かずにはいられなかった。

やはり、この頃の私の気持ちを記した日記が残っているので、ここにそれをそのまま記載する。

二〇一二年十月十八日〜二十四日

尚くんを乳児院に預ける。見知らぬ土地の秋田へ行く不安を解消するため、どうしても事前に視察したかった。でも、尚くんを預ける場所を探すのは思っていた以上に大変だった。

尚くんは、今のところははっきりと目に見える障がいはない。でも、何でもない赤ちゃんとはやはりちょっと違う。障がいがあれば療育センターに預けられる。何でもなければ民間の施設がある。でも、尚くんはちょうどスポットにハマってしまったかのように預かってもらえる施設がなかった。途方に暮れた。

病院の先生も児童相談所の方も、家族なのだし、いずれ秋田に行くのだから、一緒に連れていけばいいと簡単に言う。親身になって話を聞いたり相談に乗ったりしてくれているようで、実際は全然分かってくれていないのだということを実感した。秋田まで約六百キロの道のり。普通に生後二カ月の子を抱えて行くのも大変。帰るのも大変。しかも目的は旅行ではなく秋田の視察だった。尚くんを連れて秋田を見て歩いたら、何しに行くのかも分からない状態になることを、なぜ想像できないのか。さらに、子どもは一人ではなく、二歳半の上の子も一緒なのだと何度も説明しているのにもかかわらず。

常識で考えても無理なのでは？　と思うのに、育児に関わっていない男の人には分かってもらえないのか。結局、親身になっているようで他人事なのだと実感させられた。最終的に、児童相談所の女性の方が事情を理解するととても親身になってくれて、病院と併設された乳児院への預かりができるように尽力してくれた。一週間だけという話だけれど、本当に感謝した。

二〇一二年十一月九日

二十五日に秋田への引っ越しを控えるなか、理恵さんと佳代さんに会った。どちらも障がい児を抱えるママ。素敵な笑顔だった。すごく驚いた。私も一年後……五年後かもしれないけれど、あんな笑顔でいたいと思った。

夕方、訪問診療に来てもらっているところから、リハビリの先生も来た。赤ちゃんにしては硬い筋肉……ですか。やっぱり良くないのね。現実は甘くない。でも、今までちょっとした体操しかしていなかった。病院でちょっと教わっただけの赤ちゃん体操じゃ全然だめなのだと分かった。

今まで、何をしていたのだろう。常に頭のどこかで尚くんがいなければ……という思いがあった。そろそろそんな考えは振り払って、より良い未来のために何かをしなければいけないという思いに変えていけそうな気がした。

ここまで三カ月とちょっと。入院中に離れていたこともあり、なかなか尚くんへの愛着が湧いてこなかったような気がした。

日記にもあるように、一時的に尚くんをどこかへ預けるということについても、一悶着あった。尚くんの退院前からやり取りして準備していたのだが、なかなか決定せず、乳児院に預けることができることが分かるまで、どれほど不安だったことか……。赤ちゃんを預けられる施設というのは想像以上に限られており、まして障がいを抱えていたりすると、そのような施設を探すだけでも一苦労である。この背景には、子どもは親が育てて当然という考え方があるのかもしれないが、もう少し何らかのサポート体制があってもいいのではないかと思う。

少しずつ秋田への引っ越し準備をしようと思っていた矢先、尚くんに痙攣発作が起こるようになった。少し前から特に眠くなってくるとモロー反射のように両手両足を上げてビクンビクンとするのが続いていたのだが、わずかな時間でそのうち止まるものだったので、当初はあまり気にしていなかった。というよりも、それが発作であることにすら気が付いていなかった。そのうち、発作の種類が増えてきて、全身を縮こまらせて丸くなるようなタイプや、体の左側に手足を縮こまらせるようなタイプなど、様々なタイプの発作を起こすようになり、今までのものが痙攣発作だったのだとようやく気が付いた。そのため、外来での診察の回数が二週間に一回から週一回になり、検査のため週二〜三回行くこともあり、とても引っ越し準備どころではなくなった。

診察の頻度が増えるだけでなく、薬の種類も増えていき、一日三回投与の薬と一日二回の投与の薬の効果が重複するものもあるため、少し時間を空けて飲ませるようにと指示された。それに従って時間をずらせて飲ませていたため、何と一日に五回も薬を飲ませることになった。薬を飲ませる回数が一日二回から三回や五回に増えたぐらいでたいしたことはないと考えるかもしれないが、てんかんの薬は、様々な副作用があって眠気を引き起こすこともあり、もし姉のMが間違って口に入れてしまったらと思うと、当時の私は必要以上に薬の管理と投薬に気を使っていて神経をすり減らせていた。慣れていない状態で忘れることなく一日五回も飲ませるとなると、ちょっとした外出でも薬は持ち歩かなければならないし、もし飲み忘れて痙攣重積になってしまったらどうしようと考えると、まるで一日中薬のことばかり考えているようだった。その上、尚くんの発作の中には、点頭てんかんを疑わせる発作もあり、このまま発作が増えていくと入院して発作をコントロールする必要が生じてしまい、予定通り秋田へ引っ越すことができないか

東京の自宅で。姉が抱っこしたがったが、反ってしまう。

もしれないという問題も発生してきた。東京で尚くんが入院してしまうと、尚くんを一人都内の病院に残しておくわけにもいかず、誰かが付き添うことを考えなくてはならないが、現在住んでいる場所の契約を解除する手続きや引っ越し業者の手配は既に済ませていた。今さらキャンセルするわけにもいかず、キャンセルすると先の見通しも立たないため、一体どういう手段を取ればいいのか途方に暮れた。何とか秋田へ引っ越しするまで入院を必要とする重積発作を起こすことのないようにと、ひたすら祈る毎日だった。

二〇一二年十一月十八日。もう間もなく引っ越しという日、杜朋子さんがわが家を訪ねてきた。彼女は、私と同じく常位胎盤早期剝離を経験していた。そしてご自分の子どもさんの小さい頃からの写真を見せてくれ、尚くんに触れて、様々なアドバイスをしてくれた。お子さんが三人いて、二人目が尚くんと同じような状態だった。それでも三人目を出産した彼女には、後になって何度も相談をもちかけた。この頃の私には、友人の友人を通じて紹介された私に、子どもたちのそれぞれの状況を抱えて忙しいであろう彼女が、わざわざ家まで訪問して私の話を聴いてくれたりアドバイスをくれたり、どうしてここまで私に親切にしてくれるのか、不思議なくらいだった。その背景にある、そこに至るまでに乗り越えてきたものの大きさにまでは考えが及ばなかった。

注

1　「Neonatal Intensive Care Unit（新生児特定集中治療室）」の略語。病院において早産児や低出生体重児、または何らかの疾患のある新生児を集中的に管理・治療する部門である。

2　「Disse Minated Intravascular Coagulation（播種性血管内凝固症候群）」の略語。本来出血箇所のみで生じるべき血液凝固反応が、全身の血管内で無秩序に起こる症候群。早期診断と早期治療が求められる重篤な状態。

3　「Growing Care Unit」の略語。「継続保育室」「回復治療室」「発育支援室」など、様々な訳語が当てられている。ＮＩＣＵで治療を受け、低出生体重から脱した赤ちゃん、状態が安定してきた赤ちゃんなどが、この部屋に移動して引き続きケアを受ける。

第二章　引っ越し

○秋田への引っ越し

引っ越しが目前に迫った二〇一二年十一月二十二日は、姉のMの保育園最後の日だった。保育園のクラスのお友達の前で、「Mはパパがいる秋田に引っ越しをします」とちゃんと挨拶をしたという話を友人のお母さんから聞かされて、涙が出そうになった。それは二歳の子が初めて経験するお別れだった。実際には本人よりも母親の私のほうが、仕事復帰してから一年半以上もお世話になった保育園やそこで知り合った友人たちとの別れを寂しく感じていたかもしれない。まだ二歳のMには、秋田と関東との距離感すら理解できていなかった。

そして十一月二十五日、とうとう秋田への引っ越しの日がやってきてしまった。私の本心は行きたくなかった。今まで関東圏を離れたことがなく、知り合いも土地勘もない秋田での暮らしを思うと、事前にちょっと下見をしたぐらいでは全く不安は解消されていなかった。でも仕方がなかった。周りの環境や状況が、秋田へ行かないということを許さないほどに私を追い詰めていた。東京にいて「母子家庭」生活をしていても地獄、秋田へ引っ越しをしても地獄、どちらも地獄ならもうどうでもいい、という投げやりな気分だった。

引っ越しの荷物が全部運び出され、家の中はガランとしていた。ずっと関東で暮らし育ってきた私にとっては、関東を離れるということの実感がまだ湧いてこなかった。

○秋田での生活のスタート

二人の子どもを連れての長距離の移動は大変なので、途中のインターで一泊して二〇一二年十一月二十六日、秋田に着いた。秋田の新居に着いて、再びガランとした部屋の中で、荷物が着くまでの間を家族四人で待っていた。当初は備え付けの暖房器具の使い方も分からず、寒い中でじっと耐えていたことを今でも印象的に覚えている。

ほぼ予定通りの時刻に引っ越し業者が着き、荷降ろしが始まった。ところが、マンションのセキュリティーが高く、正面入り口の自動ドアの開閉に連動しエレベーターが動く仕組みになっていたため、荷降ろしに予想外の時間がかかった。その上、普通なら最初に運び込むべき大きい家具などがなかなか出てこないままだった。引っ越しの片付けの手伝いに母も到着したが、大きい荷物が入っていないため片付け作業に取りかかることもできない状況だった。冷蔵庫や寝室のベッドが運び込まれたのは随分と後のことだった。結局、引っ越しの荷降ろしが終わったのが何と夜の七時過ぎだった。荷物を載せるよりも降ろすほうに時間がかかるなんて私は聞いたことがなかった。今にして思うと、その後の秋田での暮らしが前途多難になることの前兆だったのかもしれない。

引っ越しの翌日は、まだ荷物が片付かないなか、尚くんの最初の療育センターでの診察が入っていた。発作が増えてきていたことと、点頭てんかんらしき発作が見られることから当初の診察予定を早めてもらっていたのだ。引っ越しの片付けに病院にとドタバタしていて、この時期のこともいつ何をしたのかほとんど覚えていない。

秋田へ引っ越しをして一週間が過ぎた頃、引っ越しの前から風邪気味だった夫がようやく時間を見つけて病院へ行くと、何と肺炎になっており、入院するほどではないが、自宅で絶対安静にしている必要があるとの診察だった。この頃の私には、夫の体調を気遣う余裕が全くなかった。「冗談じゃないよ！　何でこんな大事なときに体調を崩せるわけ?!　信じられない」と思ってしまったことは否定できない。後から考えると、先に一人で秋田へ行ったため、たった三カ月の間に三回も引っ越しをし、一カ月半ほどは週末ごとに東京と秋田を行ったり来たりしながら新しく特許事務所を開設した夫が、疲れとストレスを溜め込んでいても不思議はない。しかし、夫に怒っても仕方ないことだけれど、見知らぬ土地で知り合いもおらず、唯一頼ることができた夫も病気で寝込んでしまう、これ以上の不安はなかった。その上、私には今まで経験したこともない雪。運悪くこの年は、秋田市内が大雪に見舞われ、引っ越し当日の十一月末にすでに雪がちらついていて、十二月初めには根雪になってしまっていた。

二〇一二年十二月六日。二回目の理学療法と一回目の作業療法を受けた。夫は肺炎で安静療養中であるため、義父が療育センターまでの送迎をしてくれた。自分に甘いのかもしれないが、ペーパードライバー歴〇年の私が、道も分からない土地で雪道の中を運転するという暴挙にはとても出ることができなかった。リハビリの様子を観ていて、やはり尚くんは体が硬いなと実感する。以前よりも硬くなっていることが見ているだけでも分かり、自分の力不足に愕然とした。そして、尚くんよりだいぶ大きい男の子がやはりリハビリに来ている姿を見かけて、失礼ながら将来はこうなるのかなぁという思いが浮かび、重くのしかかる将来への不安にまた暗い気持ちになって辛かった。

夫が肺炎で絶対安静になったこともあり、このままでは耐えきれないと感じたので、何か受けられそうな支援はないか、二、三日でも尚くんをどこかに預けることはできないかと、とにかくあちこちに問い合わせをして探し回った。しかしその努力にもかかわらず、結局、何の支援も見つけることができなかった。一番の原因は、尚くんが手帳（身体障害者手帳・療育手帳）を取得しておらず、そして当時は医療行為も必要としていないことだった。以前、東京にいた際に乳児院に預けるのに苦労したように、やはり宙ぶらりんな尚くんの状態では、ちょうどぽっかり空いた穴に落ちてしまったように、なかなか預けるところが見つからず支援してもらうこともできなかった。

療育センターの医師や相談員にも、いくら困っていることを陳情しても具体的な解決策は出てこなかった。この方たちにとっては、結局は私たち家族の苦労は他人事なのだなぁとしか、当時の私には思うことができなかった。療育センターに行くたびに「大変ですね、大丈夫ですか」と声をかけてくれるのだが、ギリギリのところで何とか踏ん張っていた私が必要としていたのは、言葉がけではなく具体的な支援という解決策だけだった。夫の肺炎が治るまでの二週間ほどの間、私も精神的にかなり参っていき、電話をかけられるところには片端から電話をして、とにかく話し相手を探していた。何度かけてもつながらなかったけれど、いのちのでんわにも電話してみた。二四時間電話相談を受けている児童相談所にも電話した。子どもを連れて今すぐに死んでしまいたい衝動に駆られてどうしたらいいか分からない……と泣きながら訴えたこともあった。

　秋田市には、東京のときと同じように乳児院があった。秋田へ引っ越した後は、尚くんを預ける可能性があると考えたため、引っ越し前に一度秋田へ来た際に乳児院も視察して、既に会って尚くんのことは相談していた。そして、東京の病院から乳児院あての紹介状も準備していた。夫が肺炎になっただけでなく、私も東京で受けていた診察の続きで再度の検査をする必要があったため、一度、尚くんを預けたことがあった。ところが訪問看護の利用もできず、唯一の希望として残されていた乳児院からは、呼吸が止まるほど大きな発作ではないが頻繁に発作を起こすので、何かあった場合の対応ができず、とても乳児院で預かれる状態ではないと、一度預けただけで今後の預かりは難しいと断られてしまっていた。そして、乳児院からは療育センターに預けるほうがいいのではないかとも言われていた。しかし、当の療育センターでは尚くんのような低年齢の子を預かった前例もなく、職員も慣れていないので、すぐには難しいという回答がされただけだった。

そうこうしているうちに、夫の肺炎は治ったのだが、今後も親のどちらかが病気になる場合も考えられるため、そういう時に備えて尚くんを預けるための準備を市役所と療育センターとに強く要請し続けた。その後、秋田市からは療育センターに預けるための受給証が発行され、しばらくして療育センターでの体制も整ったとのことで、二〇一三年二月半ばに契約をして預けられるところまでようやくこぎつけることができた。障がいを抱えている子どもで、しかもまだ乳児の尚くんのことだから、時間がかかることは当然と言えば当然なのだが、緊急時の対応だけはもっと想定して準備しておくべきだったと、自分の甘い見通しに深く反省することとなった。

そうは言っても、何も準備していなかったわけではない。身体障害者手帳や療育手帳がなければ居宅介護などのヘルパーを申請することはできないことは分かっていたので、事前に東京での担当の保健師さんから引っ越し先の担当になる保健師さんに連絡を取ってもらって、我が家の状態を知っておいてもらい、引っ越し後には家庭訪問していただく段取りは取っていた。それに、東京では退院時に主治医から訪問看護の指示書が出て、訪問看護を受けることができていたので、秋田でも訪問看護を真っ先に入れてもらうつもりだった。

ところが、期待していた訪問看護はその地域による考え方の違いがあったのか、秋田での主治医にすんなりと指示書を書いてもらうことができなかった。現時点で医療行為を必要としていない場合には、訪問看護を利用することはできないと言われたのだ。東京にいた際にはそうではなかったので、何度も指示書を書いてほしいという話をした。東京でお世話になっていた訪問看護ステーションの看護師にも確認を取り、医療行為を現に使用していなくても、医師の指示書があれば訪問看護は利用できるはずだとの回答を得ていた。そして、わざわざその訪問看護ステーションから指示書の写しをもらってこういう感じで書けるはずだという話もした。でも、ようやく訪問看護を利用できるようになったのは、知人のつてを辿って小児を受け入れてくれる訪問看護ステーションに自ら連絡をとり、そこの看護師と共に療育センターを訪問して医師と話をしてからだった。それは引っ越しをした後、年も明けた一月のことだった。障害者手帳がなくても受けられる支援として一番期待していた訪問看護ですら、引っ越して一カ月以上たってようやくスタートできることになるという状態だった。

その前に受けられることが分かった唯一のサポートは、地域の保健師さんが紹介してくれた養育支援員という制度であり、この制度がなかったら、私は絶望と孤独の中で生きることになっていただろう。そうは言っても、養育支援訪問も訪問看護も実際に利用を開始できたのは年明けのことだった。そしてそれまでの間、私がどれだけ夫に八つ当たりし、泣き喚いたことか、長女のMも尚くんも連れて死ぬことをどれだけ頻繁に現実的に考えていたか、あの当時のような孤独な状況には、他の誰にも陥って欲しくないと思うぐらいの悲惨な状況だった。

こんな状況を支えてくれたのは、Facebookで相談すると、まるで目の前で見ているかのように生活に根ざした適切なアドバイスを与え続けてくれた佳代さんだった。そして、長女のMが○歳の頃から子ども同士、親同士一緒に子育てしてきた良奈ちゃんだった。まだ幼稚園に通い始めていないMが家の中にこもっての遊びにあきて、私も家事に追われる夕方からの時間帯に、Skypeでのテレビ電話でよくMの相手をしてくれていた。この時の私には、インターネットを介してつながる友人たちだけが唯一の細い命綱だった。

この頃、私は尚くんが産まれて以来、久しぶりに本を読んでいる。時間の余裕があったわけではなく、夜もチョコチョコと尚くんに起こされ、あまり眠ることのできない状態になっていたのだ。その本のタイトルは、『お母さん、ぼくが生まれてごめんなさい』という本だ。アマゾンのレビューなどでは、「感動しました!」などと書かれているものが多く、今の私の状態と照らし合わせて読みたいと思い購入したものだった。しかし、残念ながら私には本の内容が他人事ではなく、あまりに今の自分の状況を感じさせて、「感動」というわけにはいかなかった。きっと以前の私だったら単純に素直に感動することができたのだろう。しかし私が感じたのは、自分が今までとは違う世界に足を踏み入れたのだという逃れることのできない現実だった。

本に出てくるやっちゃんは、私が産まれる前に亡くなっており、本の内容は随分と昔の話。

昔に比べれば、障がいをもった子も随分と暮らしやすい世の中になってきているのかもしれない。でも、それでもまだまだ足りない、というのが尚くんを育ててきた私の意見だ。人数が少ないからこそ切り捨てられてしまっている部分が多い。自民党政権の日本再生のシナリオの陰で福祉はいつの間にか削られていくのではないかという不安がある。

何よりも、この本のタイトルは私が尚くんに一番言われたくない言葉だった。自分が悪いわけでもないのに、ただでさえ苦しい状況に置かれている尚くんが、もし私に対して「生まれてごめんなさい」という思いを抱いているのだとしたら、これほど悲しいことはなかった。まだまだ、母として力不足の私だけれど、少しずつでいいから今できることをしていかないと、尚くんの声にならない願いや思いを代弁していかなくてはいけないと思わせてくれる本だった。自分で積極的に望んだことではないけれど、秋田でも以前の私のように色々な人と出会って、つながって生きていくことを最初の一歩にしたいと、少しだけ前向きになることができた。そしてこの時に、私は尚くんの人生はもちろん大切にするのだけれど、自分の人生もちゃんと大切にすること、尚くんに捧げるだけの人生にはしないと心のどこかで誓っていた。そうやって私が私自身の人生をしっかりと生きることが、尚くんに「ぼくが生まれてごめんなさい」と言わせない生き方になるのだと考えていた。

○生後半年が過ぎて

二〇一三年二月。尚くんは生後六カ月となった。秋田へ引っ越しをしてから、少しでも状態を安定させたいと考え、藁にもすがる思いで主治医を別の医師に変更したりもしたが、尚くんの状態はどんな名医であっても容易にコントロールできるものではなかった。痙攣発作が出始めてしばらく予防接種を控えたこともあり、途中で焦りながら何とか六カ月以内にBCGの接種まで終えてホッと一息できればよいのだが、そうは簡単に事は進まない。もしかしたら障がいが残ってもそれほどまでひどい状態ではないのではないかと、どこかで淡い期待を抱いていたこともあったのだが、案の定、首は据わらない。当然、腰も据わらずお座りはできない。寝返りもせず、ハイハイなんて夢のまた夢。やはり現実は厳しく、尚くんの子育ては一筋縄ではいかない。しかも、少しずつ少しずつミルクを飲める量が減ってきていた。退院時は生後一カ月ぐらいの赤ちゃんなのに、一日に九〇〇㎖とか一〇〇〇㎖を超えるぐらい飲んでいたが、秋田に引っ越したころから六〇〇～七〇〇㎖ぐらいに減り、二月になってとうとう四〇〇㎖ぐらいしか飲めない日々が続いていた。本人は空腹を感じるらしく、夜中にも起きて泣く。私も夫も睡眠不足の毎日に限界が来ていて、寝られないことは精神を麻痺させることにつながっていった。お互い寝られないことでストレスが溜まり、夫と言い合いになることもしばしば。やはり経管栄養にするしかないのか……。

まだ実際に経管栄養にしたことがないので、正確なイメージはできていないのだが、経管栄養にすることには強い抵抗があった。その理由の一つは、秋田へ事前に視察に来た際に回った乳児院・保育園などで、障がい児ということを聞いただけで受け入れを拒否する感じはなかったにもかかわらず、いずれ経管栄養になるかもしれないという話をすると、とたんに態度が変わり、自分のところでは預かれないというようなことを言い始めたからだった。経管栄養の子どもを育てている方には失礼な話だが、私の中で何となく、秋田では「経管栄養＝預かり先なし⇒仕事復帰できず」というイメージができ上がってしまっていた。

どうにかしたいという思いから、同じように障がい児を育てている東京の友人・佳代さんのアドバイスも参考にして、口腔リハビリをしてくれる秋田市内にいる歯科医を探したり、療育センターの医師にも相談をしたりした。私たち親がミルクの摂取量が減って体重も停滞しており非常に切実な思いを抱えている割には、いくらその話をしても、療育センターの医師も訪問看護の看護師も少しのんびりしていて余り気にしていないような印象を受けていた。あまりに飲む量が減ってきていて心配なので、離乳食を進めていくほうがいいのではという相談もしたが、そんなに焦らなくてもいいとの答えが返ってきた。療育センターには色々な子が通っていて次の診察もあって忙しかったりするのかもしれないが、尚くんの状態が日々悪いほうへ向かっているような毎日のなかで、どうしても他人事と思われている印象を受けてしまい、そう思ってしまう自分の心の狭さに自己嫌悪した。これもまた辛い。

何とか口腔リハビリを受けたいと思って、尚くんが薬の影響で眠りに入った時間帯を狙って、直接、歯科医院や大学病院に電話して問い合わせした。ところが、歯が生えていない赤ちゃんに口腔リハビリをするということが考えられないとまで言われて、対応してくれる歯科医を探すのはなかなか困難だった。口蓋裂から摂食・嚥下障害、言語障害などまでトータルで対応してくれることで有名な昭和大学歯科医院にも電話で問い合わせをして、学会などのメンバーで秋田にいる歯科医がいないかを尋ねたりした。そして、東京にいれば……という思いがまた頭を過ぎってしまう。東京でなければ受けられない支援がある一方で、秋田では東京よりも多くリハビリを受けられるというメリットもある。どうして、どこにいてもある程度同じように支援を受けることができないのか。ただ単に尚くんとの生活を続けていくなかで必要だと思う支援を受けながら、普通に人として生活していきたいだけなのだけれど、その「普通」というのがこれほど難しいと思ったことは今までなかった。

尚くんは起きている時間は号泣し続け、目を離すと強く反り返って呼吸ができずにチアノーゼになってしまうので、危険で抱っこしていないと安心できない状態だった。自分ではインターネットなどで探している時間がほとんど取れなかった。電話等で問い合わせをしてもなかなか見つからず、痙攣と号泣を繰り返す尚くんと共に一日を過ごしているだけで精神的にも疲労し、今の尚くんに一体何が必要かすら分からなくなり途方に暮れる毎日を過ごしていた。

結局、こんな時にはいつも助けてくれている東京の佳代さんが、今度は秋田で訪問の口腔リハビリをしてくれるという歯科医を探し当ててくれて、口腔リハビリをスタートすることができた。二月二十日のことだった。我が家ではこんな佳代さんを、秘かに「もう一人の主治医」

とまで呼んでいた。

○エグモント・ホイスコーレンの集い

三月十六日、私はまだ雪深い秋田を後にして、東京へと向かった。それは、先日の新聞記事で読んだエグモント・ホイスコーレンという障がいのある人が学生の半数を占める学校の先生や生徒に会うためだった。新聞記事を読んで興味をもったので調べてみると、エグモント・ホイスコーレンには日本人の教師・片岡豊先生がいることが分かった。「尚くんと共に死んでしまいたい」と強く思う一方で、死んだ後に遺される長女Mや私の両親、心からの励ましと応援をしてくれている大切な友人たちのことを思うと、同じぐらいの強さで「死ぬわけにはいかない」と思いながら藁にもすがりたい気持ちで毎日を過ごしていた私は、居ても立ってもいられなくなり、すぐにメールを通じて連絡をとってみた。すると、驚いたことに、何と生徒たちを引率してちょうど日本に修学旅行に来るところだというのだ。これは一体、何という縁なのだろうか。自分の力を超えた何ものかに導かれているような気分だった。そして、生徒たちとの交流を兼ねたセミナーもあると聴き、夫に尚くんをお願いして急遽、東京へ向かうことを決意したのだった。

初めて出会う人たち、一体どんな人が参加しているのかも分からないセミナー。色々な複雑な思いを抱えた不安定な状態で久しぶりにそういうセミナーに参加する私は、ちょっと緊張気味だった。

セミナー会場へ行くと、少しずつ人が集まってきていた。何故参加したのかという理由を説明するとき、ちょっと戸惑ってしまう私。うーん、なかなか難しい。エグモント・ホイスコーレンへ日本から留学していた人たちはすでに知り合い同士のようで、何となく遠巻きに参加者を見ていたが、その中に、ひときわ目を引く、車いすに座った素敵な女性がいた。

セミナーでは、エグモント・ホイスコーレンの学生と日本人の参加者がグループになって、車いすでの日本のショッピングセンターの移動を実際に体験した。そして、デンマークと比較してどうかを話し合う活動を行った。本来は、ショッピングセンターだけでなく、交通機関の移動も体験する予定だったが、時間と車いすでの移動の都合上、こちらのプログラムは変更となって残念だった。だが、車いすが一〇台以上まとめて移動するような話になると、日本の交通機関では事前に連絡して準備しておかなければ対応できないことを知った。また、デンマークと日本を比較した場合、日本はハード面・機能面を充実させる傾向にあり、デンマークではそこにいる人が自然に手助けできる仕組みがあることが分かった。

日本では、エレベーターに車いすに乗っていても手の届く位置にボタンがあったり、電車の乗り降りでは駅員が何号車の何番ドアから乗ったかを連絡することで、降りる駅では扉の前で待機している。デンマークはと言うと、バスに乗ろうとしたら、日本のようにノンステップバスではなくても周りにいる人が五〜六人集まり持ち上げて乗せてしまう。車いすで電車に乗るとき、日本の駅員が使う簡易スロープのようなものが電車に付いていて、居合わせた他の乗客が乗せる手助けをするという。実際にデンマークに留学していた日本人の話では、福祉に対する考え方と仕組みが日本とはまるで違うのだという。バリアフリーというが、一番大切なのは、設備や機械ではなく心の問題なのだと思い知らされた。

尚くんのような子どもを育てながらどう生きていったらいいのかと模索していた私は、私の目を引いた女性にどうしても話を聞いてみたくなり、セミナー終了後に勇気を出して話をしに行った。驚いたことに彼女は、漢字は異なるが私と同じ名前だった。織田友理子さんは遠位型ミオパチーという治療法のない難病を抱えて生きている方だ。私がセミナーに参加した理由や尚くんのことを話していると、私の眼には自然に涙があふれてしまった。そしてご自身も色々な苦しみや辛さを抱えているはずなのに、そんな困難がまるでないかのように、強く励まされてしまった。確かに尚くんのような子を育てていくことは辛いことなのだが、それは私自身の体が辛いというものではない。本当に苦しい思いをしているのは尚くんなのだけれど、私はどうしても自分自身の精神的な辛さでいっぱいになってしまっているのだということに、この時ようやく気づくことができた。友理子さんと私とは千葉と秋田ということで距離的にとても離れており、実際に会うことができたのは今のところ一、二回に過ぎないのだが、Facebookで時々メッセージのやり取りをすることもあり、特に連絡をしなくても、彼女の遠位型ミオパチーの患者会での活動を見ることでいつも勇気をもらっている。

後日、友理子さんが『心さえ負けなければ、大丈夫』という本を出版していることを知って、早速その本を購入して読ませてもらった。何て芯の強い人なのだろうと、読んでいて涙が止まらなかった。私はと言うと、今は彼女とは違って心が負けてしまっている状態だと思わされた。でも、今は負けて心が折れてしまっているけれど、いつかそんな傷が治って自分なりに進んでいけるようにしたいと思えるようになり、この本にも彼女にも励まされてばかりだった。

○恐れていた経管栄養のスタート

三月二十九日、私は尚くんの余りに頻発する発作と反り返りと号泣に心身共に疲れ切り、ほとんど気が狂う直前だった。一緒に過ごしていて堪らなくなって仕事中の夫に電話すると、私の様子がおかしいことを心配して、急遽、家に帰ってきた。夫は、家に帰ってくると、とにかく先生に診てもらおうという話になり、連絡を取って臨時に診察の予約を入れてもらった。しかし、私は外に出る気力はなく診察に行く気分にもなれず、夫に受診を任せて家に残っていた。夫も私と同じぐらい疲れていたのだろうが、そこは親としての責任感からなのか、自分だけで診察に行くから大丈夫だと言い残して療育センターに出かけて行った。そして、夫が帰ってくると、尚くんは鼻から胃まで栄養チューブを通されて経管栄養になって帰ってきた。

夫の話では、主治医からは、経管栄養にするかどうかを決めるのは親の自由だからということでその判断を投げられたらしい。私と夫が経管栄養にせず、なるべく経口摂取させたいと以前から言っていたことを、主治医は重く受け止めていたのかもしれない。しかし、私たちは初めて尚くんのような子どもを育てているわけで、経管栄養にすべきかどうかを判断するための情報がなければ考えることはできない。夫が医師に詰め寄り、今までずっと伝えてきた尚くんのミルクの摂取量から考えて、今の尚くんがどういう状況にあるのかと尋ねると、二週間続けて一日のミルク量が三〇〇〜四〇〇㎖という状態は非常にまずいという説明があったということだった。そこで、夫もやむなく経管栄養にすることを了承したらしい。その場にいなかったので正確なところは分からないが、この話を聞いて、私は、なぜこんな状況になるまで今まで何も言ってくれなかったのか。この先生を信じて今後も診察を受けていって本当に尚くんは大丈夫なのか……という不信感を抱いてしまった。

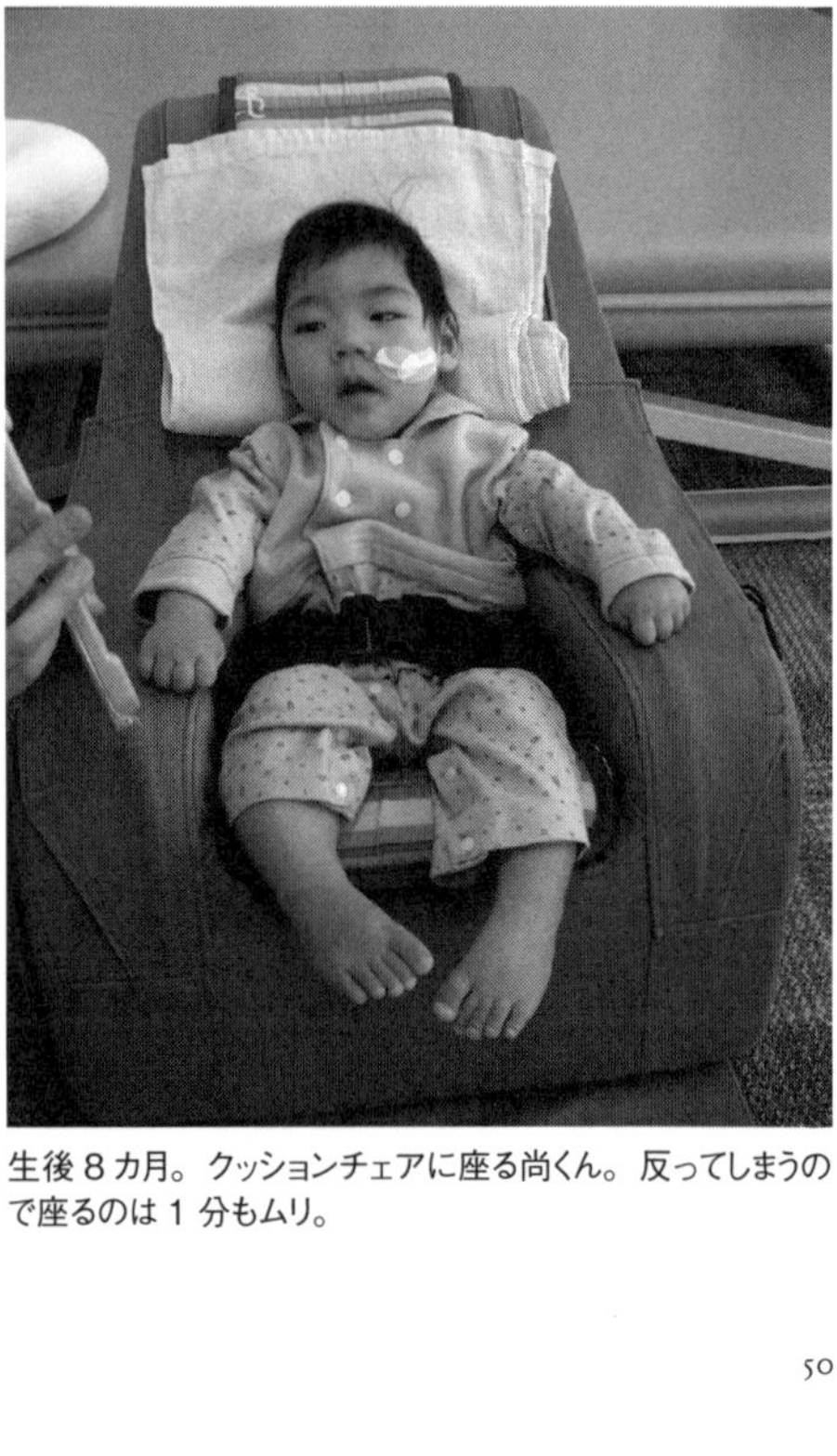
生後８カ月。クッションチェアに座る尚くん。反ってしまうので座るのは１分もムリ。

私には何より尚くんの鼻の横に貼られたテープと栄養チューブの差込口が衝撃だった。私にとって恐れていた時が来たような気がした。とうとう、医療的ケアが必要になってしまったのだ。そして、外見上明らかに健常児とは異なる姿になってしまったのだと思わざるを得なかった。今まで外見だけは健常児と変わらないということが、どれだけ私の気持ちを楽にし、そのことで救われていたかを思い知った。さらに、医療的ケアが増えたことで生じるこの先の色々な不都合が頭を過ぎった。保育園や幼稚園へ入れることは、きっと、想像以上に難しいことになるのだろう……と。秋田市では無理かもしれない。秋田市以外の土地でも、そのような子どもの受け入れができる保育園や幼稚園がどれぐらいあるのか、実際のところを私はまだ把握できてもいなかった。

○転機――療育センターへの母子入院

四月八日から二十日まで、尚くんと共に初めて療育センターに母子入院することになった。発作のコントロールを目的とした母子入院で、最低でも二週間は入院しないと改善することは難しいと主治医からは言われていた。医師への不信感が募っていたことも影響していたが、この母子入院するということに、私は余り気が進まず前向きな気分になれなかった。嫌で嫌で仕方がなかった。しかし、発作が頻発し、その発作がかなり不快な様子で寝ることもできずただ号泣し続けようやく疲れ切ってぐったりと寝る尚くん。そんな尚くんを日中見続け気が狂いそうになる私。仕事を終えて帰ってきて、尚くんの介護を交代してさらに疲れ切る夫。この頃の我が家はもう壊滅状態だった。とにかく今の状況を少しでも変えるためにお願いだからと夫に懇願され、しぶしぶ私も母子入院を受け入れざるを得なかった。

後から思うとなぜそんなに嫌だと思っていたのか分からないくらい母子入院はいいものだった。医師も看護師も子どもの様子を実際に見た上で色々なアドバイスをくれるし、障がい児家族に寄り添ってくれて、お互いの考え方も理解でき細かい相談もすることができる。色々な制約さえなければ、尚くんのためにも私のためにもいいことばかりなのだが、姉Mの幼稚園の入園式もあるというのに、そんなMを家に残して、どうして母親ばかりがいつも付き添わなくてはならないのかなどと、言っても仕方のないことで夫に当たったりもした。

この母子入院をしなかったら我が家はどうなっていたことかと思うと、考えるだけでも恐ろしい。きっと我が家は崩壊していただろう。今から考えるとこの母子入院に踏み切ったときが我が家の新たなスタートだったのかもしれない。

母子入院中は、姉のMは予想通り私が家にいないことを寂しがり泣いてばかりで、最初の一週間は、毎日のように私に会うために療育センターまで足を運んでいた。夫が仕事帰りにMを幼稚園に迎えに行き、夕食を一緒に食べて別れるのだが、そのたびに帰るのを嫌がり号泣する。しかしそれも、二週目に入ると少しそんな生活にも慣れたのか、療育センターに来ないで夜寝る前に電話で話をするだけで大丈夫になった。必然的に母と離れなければならない経験は、M

にとっても成長する良い機会になるかもしれないと前向きに考えることができるようになった。

この母子入院の際に、療育センター内での移動や安定して座らせておくために、一時的にパケットバギーというものを借りることができた。これに座っていると、反って泣いてばかりの尚くんが少し落ち着くことがあり、反ったときにも反り返りすぎることはなく、少しの間目を離すことが可能だった。

家にいると泣いてばかりで反り返りのとても強い尚くんは、起きている間は片時も目を離すことができない状態だった。私はそんな尚くんと向き合い続ける毎日に疲れて、うんざりしてしまうことも多かった。少しの間でも目を離しても大丈夫なように、退院後もこのバギーを借りたいと療育センターにお願いをしてみた。しかし、残念なことに貸し出すようなシステムはなく借りることができなかった。そして、必要ならば、尚くんに合わせて作った福祉器具の座位保持装置を作ればいいのだという話を教わった。その座位保持装置を

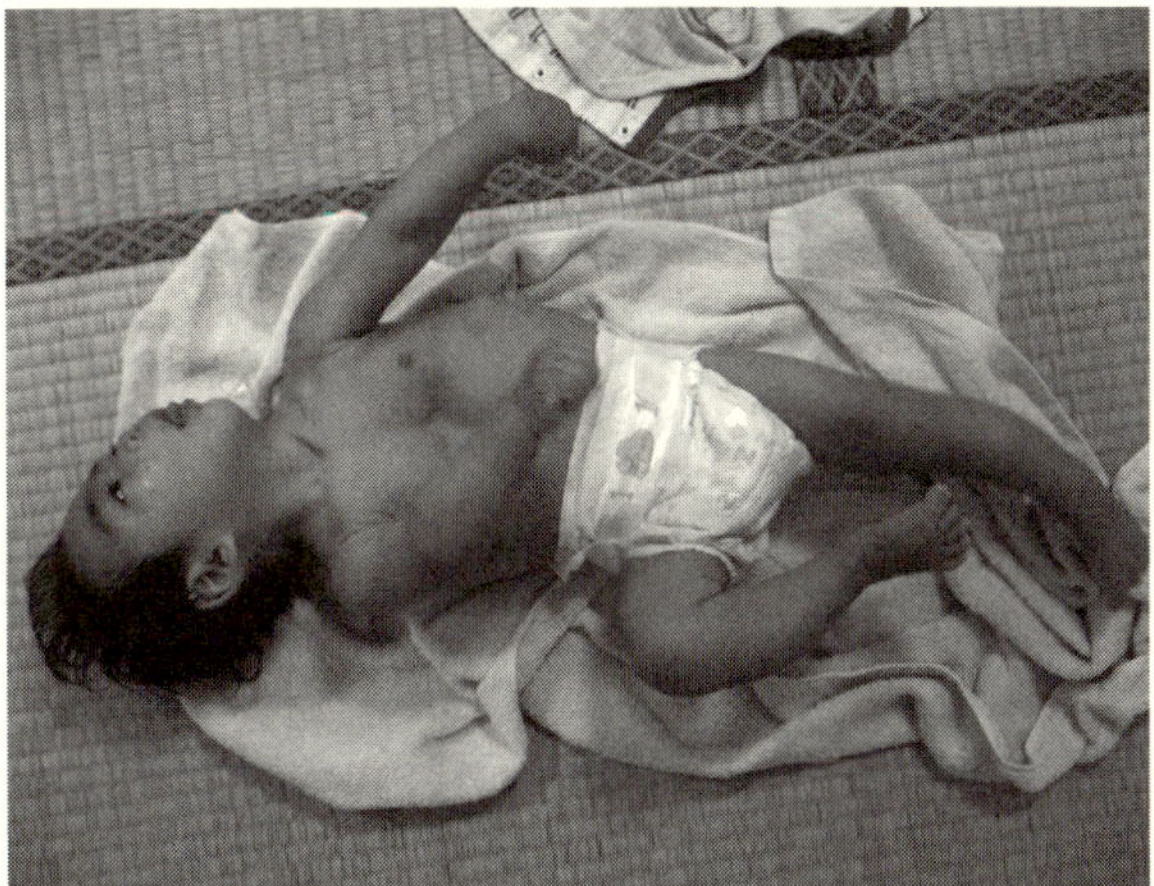

生後10カ月。緊張が強く全身に力が入っている。腹筋も胸筋も割れているほど。

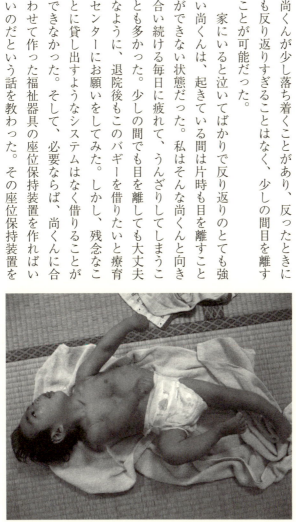

作るためには身体障害者手帳を取得する必要がある。手帳を取得していない状態でも福祉器具を作ることはもちろん可能なのだが、全額自己負担となってしまうのだ。そして福祉用品というのはオーダーメイドが多く、想像以上に高額なのだ。

ところが、身体障害者手帳を取得することは、尚くんの年齢の場合にはそう簡単な話ではなかった。障害者手帳や療育手帳の取得については、厚生労働省の「身体障害認定基準等の取扱いに関する疑義について」の中では、「満三歳未満であることを理由に、医師が診断書を書かないとか、満三歳未満で将来再認定を要する場合は、とりあえず最下等級で認定しておく、などの不適切な取扱いのないよう、いずれの障害の認定においても注意が必要である。」という記載があるにもかかわらず、現実には自治体ごとに基準が異なるものの原則として満三歳にならないと障がいが固定しないから診断書が書けない、と言われてしまうのが一般的なようだ。尚くんの場合も最初はそんな感じの対応がされていた。重度脳性まひの診断がつくとのことで、産科医療補償制度の請求をするための書類を記載することができるというのに、身体障害者手帳については申請することができないと言われるのだ。両者は障がいの判定の仕方が違うからなのだと説明を受けたりもしたのだか、なぜこのような違いが生じるのか、どうしても納得することができず今でも疑問が残っている。

○尚くん一歳の誕生日

二〇一三年八月二日、尚くんが一歳になった。秋田に引っ越してから約八カ月。週一回の診察に加え、週一、二回の理学療法、二週間に一回〜週一回の作業療法のために片道三〇分以上の時間をかけて療育センターに通う毎日だった。さらに二週間に一回の訪問での口腔リハビリも受けていた。その上、三月からは経管栄養になったために一回二〇〇㎖のミルクを一時間半〜二時間ほどの時間をかけて注入する。この注入の直前直後に薬を飲ませて吐いてしまうと、尚くんの場合は発作がコントロールできないという非常に困ったことになる。療育センターのリハビリは曜日や時間が固定されておらず、毎回その次のリハビリの予定を入れることになるので、リハビリに行く時間と一日三回の薬の時間と注入時間を確保するためのスケジューリングで私の頭は常にいっぱいだった。

尚くんは一歳になったとはいうものの、首も据わらずただただ苦しそうに泣くばかり。目もどこを見ているのか定まらず、できることは生後一カ月の赤ちゃんと変わらない。意味はないことは分かっているけれど、一歳になった頃の姉の様子とどうしても比べてしまう。あの頃のMは、お誕生日のケーキを前にして嬉しそうにスプーンを持ってケーキにかぶりついていた。一方で尚くんはというと、スプーンに生クリームを乗せて一口、ちゃんと食べたのかどうかもよく分からない状態だった。

素直におめでとうと言うのも微妙な心境から、Fecebook にこんなことを書いている。

遅ればせながら……、八月二日は尚くんの誕生日でした。長くて長くて長くて長い一年でした。あの出産の日がはるか遠い昔のように思えます。それでもようやく一歳。
首も据わらないし、ミルクも余り飲めず自分でできることは限りなく少ない尚くんだけれど、それなりに成長してる……かな?
一歳　身長七一・五cm　体重七三四〇g
出生時　身長四九cm　体重　三二八二g
今後の介護のことを考えると大きくなって欲しいのかどうか微妙な誕生日でした。

今思うと、私が自分で素直におめでとうと思えない分、周りからおめでとうと言って欲しい気持ちがあったのかもしれない。

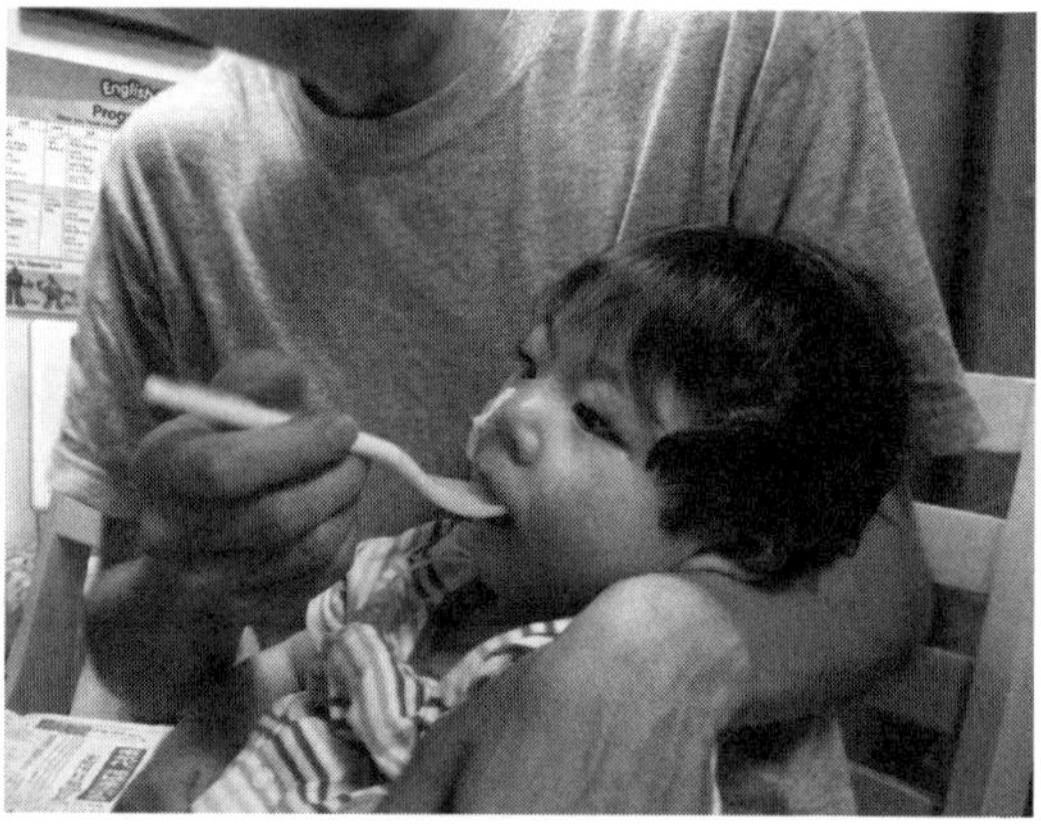
抱っこされてスプーンで食べている尚くん

第三章　入　院

○初めての入院と在宅酸素

二〇一三年九月七日（土）、尚くんは肺炎との診察を受けて、生まれて初めての入院をすることになった。前日の夜、一度熱は下がったものの、朝になって再度の発熱だった。三九・一度。家族皆で出かけることを予定していたのだが、予定を変更して近くの小児科を受診した。レントゲンと血液検査の結果から、肺炎の疑いがあった。血液検査によると、炎症や感染症で値が高くなるというＣＲＰ（Ｃ・リアクティブ・プロテイン）の数値が異常に高く、八・二を示していた。この状態では自宅での抗生物質投与で週末を越すことは危険だという医師の判断だった。いつも診察をしてもらっている療育センターに連絡したところ、センターでは感染症の子どもは預かれないとのことで、秋田赤十字病院を紹介された。

まだ眠い目をこすってぐずっている姉のＭも連れて、急いで秋田赤十字病院に駆け付けた。再検査の際のＣＲＰは何と九・一六となっており、診察を受けたのちに、入院を勧められた。一体どれぐらいの期間入院しなければならないのかを尋ねると、詳細な検査結果が出るまではっきりしたことは言えないとの返答だった。秋田だけのことではないようだが、入院案内等では完全看護と記載されていても、それは表向きの話。実際には子どもの入院には親の付き添い入院が必要なのが現実だった。しかも、こちらの希望ではなくても、付き添い願いを提出するという矛盾。実家が遠方になってしまった我が家では、どうやってこの入院を乗り切るかに頭を悩ませることになった。また姉のMに我慢を強いなくてはいけないのか、寂しい思いをさせることになるのかと思うとやりきれない気持ちだった。

入院当日は土曜日だったこともあり、夫が付き添うことにした。そして翌日の日曜日からは私の付き添い入院が始まった。日曜日の夜は、しばらく私はMと一緒に過ごせないからということで、私と夫、Mの三人で病院の待合室で夕食を食べた。それまで何ともなく楽しそうに笑顔を見せていたMだったが、最後に別れるときになって急に寂しくなったのか、泣き過ぎてせっかく食べた夕食を戻してしまった。

そんなこんなで始まった初めての入院生活だったが、この時の入院では、尚くんの免疫系が基本的に強いこと、体力があることが幸いして一週間で退院することができたのでありがたかった。

入院当初は、尚くんの顔色が非常に悪く、呼吸が苦しそうだからと酸素マスクをつけることになった。状態が安定するにしたがってだんだんと酸素量を減らしていったのだが、このまま苦しそうな状態だったら、在宅でも酸素を使って呼吸を管理する必要があると言われた。医療者側はたいてい、こういった在宅での医療的ケアを追加することについて何でもないことのようにいとも簡単に話をしてくる。では、日常的に介護をする親側はどう受け止めているのだろうか。もちろん特に疑問をもつことなく、医療者側の提案をそのまま受け入れていく親もいるのだろうと思う。しかし我が家では、もし尚くんに気管切開するという話が出たら、それは基本的には受け入れないことにしようという話を夫と以前にしていたことがあった。私も夫も延命治療には抵抗感をもっているのだが、障がい児の場合には特に高齢者と比べると、どこからが延命治療なのかという線引きが難しい部分がある。経管栄養にした当時は、ほとんど寝ることもできず全く考える余裕もないままなし崩し的に医療的ケアをすることになったが、この経管栄養についても、本来ならよく話し合って必要とするかどうかについての結論を出しておくべきだったと後悔もしている。考えた上での結論を出す前に経管栄養にせざるを得ない状況になってしまったため、今はこの状態を受け入れてはいる。しかし、このような形で、なし崩し的に医療的ケアが増えていくことに対しては、強い抵抗感と不安感を抱かずにはいられなかった。

確かに尚くんは呼吸が少し苦しいのかもしれない。でも、あまり医療的ケアを増やさずに、本来の自然なままに委ねたいと思うのはいけないことだろうか？　障がい児への医療的ケアは、一体どこからが延命行為になるのだろうか？

医療的ケアを増やすということは、家庭での管理負担が増え外出がより困難になるということに直結しており、結果的にクオリティ・オブ・ライフ（QOL）を下げることにつながる。今の尚くんは経管栄養という医療的ケアを必要としている。日常的に私たち親はこの医療的ケアを行っているわけだが、経管栄養というだけで、尚くんを預かることができる場所は今のところ秋田市内では療育センターしかないのだ。私は尚くんの可能性を諦めたわけではなく、いつかは栄養チューブを外すことを目指して日々練習を続けているのだが、ここに在宅酸素が加わったらどういうことになるのか。今ですら外出が億劫になりがちな私にとっては、ますます外出の機会がなくなり、外とのつながりを減らすことになるだろう。保育園や幼稚園に入園させる希望が絶たれる可能性が高まる。医療者側はこのような医療的ケアを加えようとする前に、医療的ケアの実際の内容やそれを付加することから起きる問題についてもきちんと説明する必要があると思うし、実際に在宅で医療的ケアを行っている子どもたちがどんな生活をしているのか、そのことを親はどのように感じているのか、その現実をもっと知る努力をしてほしいと思うし、迷っている親に伝えてほしいとも思う。

幸いなことに、尚くんは在宅酸素を必要とせずに退院できることになった。もしかしたら、私たち親が拒否したことで、それ以上踏み込んでこなかっただけなのかもしれない。しかし今後も尚くんと生活し続ける限り、このような選択を迫られるときがたびたびやってくるのだろう。そのたびに私たち親は悩み、結論を出していかなくてはならない。その選択は、もしかしたら尚くんの寿命を縮めることにつながるかもしれない。そのような辛くて厳しい選択をしなくてはいけないときが、いつもの平和な日々の裏にあるのだということを思い知らされた。そして、障がいはあるけれども体が丈夫で健康であるということがどれほどありがたいことだったのかを身にしみて感じた。

○変　化

肺炎で入院して以降、起きている時間は泣いてばかりいた尚くんの様子が少し変わってきた。もちろん泣いている時間もあるけれども、目を覚まし寝転がって大人しくしていられる時間が増えてきた。前ほど、強く反り返ったままでもない。泣いているときに抱っこしてやると、泣くのが収まりニッコリとすることもある。そして、どこを見ているのか分からなかった目が、時々こちらを見ているように思えることもあった。それは日々接して看ているものにしか分からない、わずかに見られる変化だった。それでも、尚くんの成長の証であり、ここまで育ててきて良かったと思わせてくれる瞬間でもあった。これから冬に向けて、療育センターまでの道のりをリハビリに通うのが大変になったときに備えて、中通リハビリテーション病院でのリハビリも受けられるように準備したのも、楽しめる時間を増やそうと音楽療法を開始したのもこの頃だった。私の心にも少し余裕がもてる瞬間ができてきたのかもしれない。

そして、この頃になってようやく、私は尚くんの死を願う気持ちがいつの間にかすっかり消えていることに気がついた。せっかく生まれてきて頑張って生きている尚くんを前にして、そんな願いを抱いているなんてひどい話だと思えるようになった。これまでの私は、もちろん痙攣発作を頻発し、緊張も非常に強く、育てにくさでいっぱいの障がい児を育てているという苦労と、先の見えない自分の人生と尚くんの人生への不安に囚われてしまっていて、苦しみながらも懸命に自分の生を全うしようと頑張っている尚くんの苦しみに寄り添うことができていなかったように思う。何て身勝手で恥ずかしいことか……。

もちろん今でも完全に吹っ切れたわけではない。重症心身障害児の子育てはそんなに甘いものではなく、感情は正と負に大きく振れている毎日であることは否定できない。でも、今のように尚くんがある程度落ち着いてくるまでは、本当に辛くて苦しくて、言葉だけではその大変さを伝えることは間違いなく不可能だと確信できるほどの、ダークなダークな時間だった。できることなら、この同じような辛さを他の誰にも経験してほしくないとすら思うものだった。

コントロールが難しいと言われている難治性てんかんの発作を尚くんがここまで抑えて落ち着くことができた裏には、引っ越してきて以来、毎週一回の診察を自分の休憩時間やお昼の時間を割いてまで必ず確保してくれた療育センターの澤石先生がいる。私と夫が尚くんの発作の様子を毎回ビデオに撮影し発作の頻度を伝え、それに応じて必要な薬を調整する。毎回の診察は常にその繰り返しだった。他にも多くの障がいのある子どもたちを診察しているのに、私たち家族の苦労を理解し、週一回の診察時間を常に確保してくれる。さらに、尚くんの状態が悪くて落ち着かないと連絡すると、自分の時間を割いて、診察の予約を早めて対応してくれることもあった。診察に通う私と夫もうんざりと言いたくなるほど通うのが大変だったのだから、診察に応じてくれる澤石先生もどれだけ大変だったことかと、医師の優しさに気が付くことができるようになるまでにも時間がかかってしまった。四月の母子入院のときには、これほど真摯に向き合ってくれていた澤石先生に対して不信感がいっぱいだったのだが、何度も診察を重ねるうちに澤石先生への信頼が篤くなっていき、いつの間にか我が家の状況と尚くんを最も理解してくれる人物の一人になっていた。

○同窓会

尚くんの状態も落ち着いてきて気持ちがある程度吹っ切れたからだろうか、ずっと迷っていた高校の同窓会にも参加する勇気がもてた。そして、この日は尚くんを療育センターに預け、姉のMを連れて久々に東京へと足を運んだ。当日になってやっぱり参加する心境になれずドタキャンするかもしれないという心配もあったため、ドタ参加予定で同窓会への申し込みをしていた。

多くの幸せそうな同窓生を前に、私は果たして笑顔でいられるのか。行って辛くなってその場から逃げ出してしまうのではないか。そんな感じで直前まで迷っていたが、逃げ出すこともなく笑顔で話をして帰ってくることができた。その後のFacebookに、私は次のように書き残している。

九月十六日は、高校の同窓会があり、神楽坂のアグネスホテルまで行ってきました。まずは、その同窓会に行けるようにと尚くんの世話をしていてくれた夫に感謝。急性肺炎で入院していたのに、驚異的な回復をみせ六日目に退院してくれた尚くんにも感謝。一緒につき合って同窓会に行って笑顔を振りまいてくれた姉のMにも感謝。

そして、今回の同窓会を企画してくれた幹事の皆様に感謝。もちろん、参加して久々に再会できた友人にも感謝。

さて、肝心の同窓会は……というと久しぶりに友人に再会できて、懐かしく嬉しい時間でした。その一方で時の流れを感じさせられ、分かってはいたのだけどたくさんいた赤ちゃん連れの姿にちょっと複雑な気分。

比べても仕方ないことも分かっているし、幸せというのも表面的には分からず人それぞれだと十分理解している。でもね、やっぱり何の障がいもなく産まれてきた子を育てている様子をみると羨ましく思い、なぜ自分は違うのだろう……と思ってしまって淋しくもありました。まだまだ自分が未熟者であることを実感してしまいました。ちょっと情けない……かな？

まぁ、まだ障がい児ママ一年生になったばかりだし、これからもっと乗り越えていかなければばいけないこともあるのだから、少しずつ少しずつ……ですね。

そしてやはり障がい児を育てることがどれだけ大変なのかということを世の中に発信していかなくてはと思いました。どんなに説明しても、生活を共にしない限り分からない部分がほとんどだけれど、できれば、私のような運命に遭遇する人が少なくなるように、そして遭遇した場合にも何とかなるように。

○再び肺炎での入院、人工呼吸器の選択をめぐって

九月以来、少し落ち着いて安定した生活を送っていた尚くん。ところが、十二月五日の朝は様子が違っていた。いつもなら尚くんが起きると号泣する声が聞こえてくるのだが、何だか弱々しい泣き声がするような気がしてふと目が覚めた。午前四時のことだった。自分で蹴って少し布団を被っていた尚くんの布団をどかしてみると、汗をびっしょりかいて呆然とした目つきをしていた。額を触るととても熱く、びっくりして熱を計ると体温計が上昇を続けた。体温計は四二度を示していた。

大慌てで夫を起こし、脱水を防ぐために少しでもと思って尚くんに水分を注入し、びっしょりの服を着替えさせ、ちょうど家にいた義父に姉のMの面倒を頼んで、夜間救急で病院に駆け付けた。車の中でも病院についても、尚くんが軽く嘔吐した。嘔吐物には何となく赤いものが

混ざっているような感じだった。

診断の結果は、肺炎。しかもこのまま入院の必要があるという。頭に過ぎったのはまたも付き添い入院しなければならないことの負担。姉のMも体調を崩しており、熱を出したりせき込んだりしていて幼稚園へ登園させられる状況になく、一人で家に残すわけにもいかず、尚くんに付き添うのが難しかった。医師に事情を説明すると、Mも診察を受けて状態によっては一緒に入院できるかもしれないという。そこで夫に尚くんを任せ、私は急いで家に戻った。そして尚くんとMの入院支度をして、Mを連れて病院に向かった。Mも診察を受けたところ、気管支炎がひどくなっているということで、私は二人を連れて付き添い入院することになった。

尚くんはすぐに抗生物質の投与を開始したのだが、なかなか熱が下がらなかった。意識も虚ろで目を開けることもない。そして、入院して二日目の朝。医師から状態が良くないのでICUへ移したいとの話があった。体調が悪く機嫌の悪いMに振り回されており、尚くんの状態をよく見ることもできず、ほとんど医師と看護師に任せっきりになってしまっていた私には驚きの出来事だった。以前、肺炎で入院したときのように一週間ほどの入院で退院するものとばかり思っていたため、何が何だかわけが分からず戸惑うだけだった。そして、再び医師が来て説明を受けたのだが、医師の話では人工呼吸器をつけたいと考えているとのことだった。わが家では、以前に尚くんに経管栄養チューブをつけることになったときや肺炎で入院したときに夫と話し合いをしており、やみくもに医療的ケアを増やし続け、半ば延命に近いような状態で生かし続けることはやめようと事前に取り決めをしていた。そこで、夫にも電話をしてもう一度確認した上で、人工呼吸器をつけるつもりはないと返答した。その私の返答を聞いて、医師はかなり驚いたようだった。念のため医師に確認したところ、私の恐れているとおり人工呼吸器をつけて一生外れない可能性もあるということだった。特に尚くんのような日常的に努力呼吸をしている子は健常者に比べて外れない可能性が高いというのであれば、その尚くんと共に生きていく私たちはそう簡単に人工呼吸器をつけることに同意することはできない。

容体を確認するため午後になって夫が駆けつけてきて、ＩＣＵでの状態が整うと面会をさせてもらえた。しかし、尚くんは目をつぶったままでこの先どうなるのかという不安ばかりがつきまとった。面会したときにもその後にも、複数回にわたって人工呼吸器をつけさせて欲しいと言われ続けた。確かに尚くんはいつもと比べると呼吸も早く、目も開けない。しかし、呼吸の早いことを除くと陥没呼吸になっているのはいつものことで、その様子だけを見ると人工呼吸器をつけないとだめだとまでは思えなかった。私と夫で何度も尚くんが普段から陥没呼吸になっているという説明をしたが、医師からは人工呼吸器をつけないと命の保証はできないと、半分脅しのように言われた。救急の措置として人工呼吸器をつけるというのは人命救助という観点から通常は当然のことであるし、その後、人工呼吸器が外せるかどうかとは別の問題だとも言われた。確かに、それは医師の視点から見れば正しい考え方かもしれない。でも私たち家族から見ればそれは、切り離して分けて考えることはできなかった。尚くんと一緒に生活していくという現実があるのだから、私たちにとっては人命救助とその後の生活とは切り離すことができない同じ問題であって、その管理をし続けることができるのかまで考える必要のある問題だった。医者の立場と患者の立場の違いを再び思い知らされた。

尚くんには生きていてほしい。その思いに嘘はない。でも、外れない可能性が高い人工呼吸器をつける行為はしたくない。もし人工呼吸器をつけないという決断をしたことによって、尚くんが亡くなることになったら、それは私が尚くんの寿命を決めてしまったことになるのだろうか……。熟慮して出していたはずの結論が揺らぎかけて、苦悩の時間がずっと続いた。迷い、悩み、いつも訪問看護に来てくれる看護師さん、出産のときからお世話になっている産婦人科の池下院長先生、同じく障がい児を育てている友人たちなど、多くの人に話を聞いてもらった。どんな場合でも結論は自分たちで出さねばならず、また、その結論には責任が伴うことは十分理解していた。だが、「命の問題」となるとどちらを選ぶことも難しくて辛かった。

この時のことは、一度に色々な可能性を考えなくてはならず、あまり正確に覚えていないこともあるが、その後の Facebook に、私は次のように書き残している。

先週の火曜日ぐらいから三八度ぐらいの熱を出していた尚くんが、その木曜日の明け方、何だか様子がおかしいので見てみると全身汗びっしょり、目が虚ろ。そして、熱を計るとなんと

四二度を超える熱だった。

たまたま、まだ家にいた義父に姉のMを任せ、とにかく解熱剤を飲ませ、慌てて夫と共に尚くんを連れて市立病院の救急に駆け込んだ。

肺炎で入院と言われ、気管支炎を悪化させていた姉と共に姉弟入院。それに付き添い入院する私。一度家に戻り、入院に必要なものをかき集めた。

その翌日、抗生物質を投与するもなかなか熱が下がらず容体が悪化し、尚くんはICUへと移されることになった。

そして、主治医には人工呼吸器をつけることを提案された。疑問に思い聞くと、やはり予想通り、一度つけると外れない場合があるという説明を受けた。こちらから尋ねなければその説明はなかったようだ。

何故こんなことになったのか、どんな治療を進めているのか余りはっきりしたことは分からないが、とにかくただただ人工呼吸器を勧められ、そうしないと命の保証はできないとだけ言われた。

そうこうしているうちに、次の日になり、DIC（播種性血管内凝固症候群）[2]の疑いがあるという話で、市立病院での対応が不可能な治療があるため、大学病院への転院が決まった。そして今、大学病院での入院生活が続いている。一時心配されていた多臓器不全や血液交換の必要性を生じることなく、段々と快方に向かっている。

今回の入院の中で、私の中に色々な思いが浮かんできた。

今後も尚くんと生きていくには、様々な決断を強いられることになるのだと思う。私の中にある尚くんへの思いは、とてもここに書けることではないけれど……。

とにかく、障がい児の子育ては難しい。

そして、入院のたびに二四時間付き添わなければならないことは、尚くんに姉がいて近くに頼れる親戚がいない我が家にとってはかなり負担になる。

できれば、もう入院することなく生活していきたい。だが、医師の話ではなかなかそれも難しそうだ。むしろ、今までに二回しか入院していないことに驚かれた。そうなのか……。

何はともあれ、生命の危険すらあった尚くんが、今は順調にいけば来週中に退院できるかもしれないと言われている。

自分の思うように指一本すら動かせず、呼吸をすることだけで全身のエネルギーを使っている彼の生命力、生きたいという気持ちには、頭が下がる。私は今までこれほど一生懸命に生きてきただろうか、大切な時間を無駄にしてきたのではないかといつも考えさせられる。


普通の親が普通に健常の子どもを育てていたら、迷うことなく人工呼吸器をつけるという選択をしたのかもしれない。ただ、私は障がい児の親だった。それも重度の障がい児だった。尚くんが頑張って生きている姿を誰よりも見てきている。尚くんの苦しさや辛さも分かっている

一方で、何が幸せなのか、どういうふうにすれば彼が生まれてきて良かったと思えるようになるかを日々考えて生活している。機械につながれたまま二〇年、三〇年と生きることが尚くんの望む生の形なのかと考えてしまう。親によって違うのだろうが、単純に人工呼吸器をつけるという選択がベストだとは思えない。そして自分たちにも生活があり、姉の将来的な生活も考えなくてはいけないという問題もある。障がい者にとってどこまでの医療的ケアが延命ではなく、どこからが延命となるのか、厳しい選択だけれどよく考えて結論を出さなければならない時が必ずある。きっと考え方は千差万別で、誰もが悩み迷いながら結論を出すことになるのだろう。その結論は、当事者以外の人が口を挟むべきものではなく、尊重されるべきものだと私は思う。

ＤＩＣの治療として、尚くんにはγグロブリンが投与されていた。そのため、今まで計画的に実施してきた予防接種は今後しばらくの間見合わせなくてはならなくなった。ある程度必要な予防接種はすんでいて、残っていたのは追加接種と任意接種の水疱瘡とおたふく風邪だけだったのでよかったが、子どもが小さいうちは病気の合間を縫って予防接種をするのも意外と大変なものだ。そもそも、障がいのある子、特に痙攣発作のある子どもへの予防接種はリスクがあり、小児科医によっては、予防接種自体を拒否することもある。親としても、医師ですら拒否する予防接種を打つということは恐怖でもあった。しばらく予防接種が打てないということで、次の接種を忘れずに覚えておくことも結構なストレスだった。それくらい日々考えなくてはならないことが多かった。

　尚くんは、持ち前の強さを発揮して、ぐんぐん容体は良くなっていった。注入による栄養摂取を開始し、退院前には口からの摂取も認められた。大量のステロイド剤の影響もあり、食欲増進が著しく、今までに想像できなかったぐらい口から摂取できるようになっていき、経管栄養チューブは外れるのではないかと期待できるぐらいだった。

　ところで、この入院の際に、尚くんはまた私に出会いの機会を与えてくれた。大学病院には、尚くんのように生まれたときから障がいをもって生きている子どもとは違い、小児がんで治療を続けている子どもたちがいた。今まで何ともなかったのに、ある日突然病気が発覚し、そこからの闘病生活。何カ月にもわたる入院や入退院の繰り返し。進行の早いがんで既に口から食事をとることもできなくなり、徐々に意識のある時間が減っていく毎日。私とは全く違う立場での比較することのできない親子の戦いの姿がそこにはあった。私には少しでも辛さや苦しさが減ることを願うことしかできなかった。

第四章　運命を変える決意をした出産

○三人目の子ども

尚くんが初めて肺炎で入院していた二〇一三年九月のこと、実は私のお腹の中に、一つの新しい命が芽生えていた。重度の障がいを負うことになってしまった尚くんを育てていると、私はいつも姉Mの将来のことが気にかかって仕方がなかった。尚くんが将来どうなるのか、何かあったときにもし私も夫も亡くなった後だったら、Mはどうするのだろうかと考えると、気持ちがいつも暗くなった。例えば十二月の入院のときのように人工呼吸器をつけるかどうかなどの判断を求められ、一人で何もかも背負い決断しなければならないのかと思うと、そんな状態にさせたくないというのが親心だった。

尚くんが生まれた当初から、私は姉Mの将来のことが気がかりだった。尚くんの出産を機に知り合った障がいをもつ子を育てている友人たちにも何度も話を聞いた。障がいをもつ子が生まれた後にもう一人産んだ人、産まなかった人、どうして産むことや産まないことを決断したのか、何を考えたのか話を聞いて、夫とも話し、それでもどうするのがいいのかなかなか結論を出せずにずっと悩み続けていた。

そうは言っても子どもを産める年齢には限りがあり、年齢が上がるほどリスクが増えるということもあり、結論をそう先延ばしにすることもできなかった。今の生活でさえ四苦八苦しているというのに、さらに一人増えた状態で家事・育児と通院・リハビリ通いの負担に耐えきれるのか、私が仕事に復帰することが相当困難なことが予想されるのに経済的にやっていけるのか、次に生まれる子が障害をもたずに生まれてくる保証はないのに、その場合にそれをさらに受け止めていけるのか、次から次へと将来的な不安材料ばかりが浮かび、答えを出すことはできなかった。さらに、今の生活ですら大変だ、大変だと言っているのに、もう一人子どもを産むなんて信じられないなどと、周囲からの批判が出るのではないかと考えたりもして、色々な支援が得られにくくなるのではないかと怖くもあった。

結局、はっきりとした結論は出せないままだった。しかし、私が子どもを産むことができる期間は有限であること、もしかしたら後になってMと尚くんにもう一人きょうだいがいればよかったと後悔するかもしれないという話を夫にしたところ、「後悔するかもしれない。後悔はしたくない」と私が思うのであれば、今しかできないことをすればいいんじゃないか……と思いのほか軽い感じで夫は賛同してくれた。そこで私はその思いを支えに、もし尚くんが二歳になるまでに妊娠したらもう一人産んでみようと決心をしたのだった。そして、もしかして妊娠したかな……と思ったときが、ちょうど尚くんの初めての入院と重なったのだ。そのためもう一人子どもを産みなさいということなのだ、どんなことが待っているとしてもこれが私の運命なのだなと私は思うことができた。

でも、妊娠したという事実は、どうしても誰にも告げることができず、しばらくは私の心の中にしまっていた。尚くんが退院して少しした頃、産婦人科へ行き妊娠反応を確認した上で、夫には初めて妊娠の事実を告げた。そしてそれ以降も、妊娠したということの周囲への報告はごくわずかの人に告げるだけに留めていた。

まだ三歳の長女M、そして首も据わらない一歳半の尚くんに加えて、もう一人の子どもを出産し育てていくことはそう容易いことではない。妊娠した後になっても、私は何度も本当にこれでいいのだろうかと自問する毎日だった。ちょっと考えただけでも、事前に準備しておかなくてはならないと思えることが山ほどあったからだ。困ったときにどういうことならどこに頼むことができるか、妊娠後期に入り段々とお腹が大きくなるとできなくなることなど、考えられることをリストアップして準備を始めた。

しかし、それでも想定外の事態というのは生じてしまうものだ。二〇一三年十二月の尚くんの肺炎での入院がその一つだった。姉のMも一緒に姉弟入院したときも、その後、容体悪化で大学病院に転院したときも、完全看護と言いつつも小児には二四時間の親の付き添いが必要だった。大学病院では病室の床に直接マットレスを引いて寝ていたが、そんな生活はなかなか大変で、妊娠中の大きなお腹での付き添いは恐らくあの時期までが限界だった。それ以降は腰痛もひどくなっていて、付き添い入院することはいろいろとリスクがあっただろうと思う。また、尚くんは脳性麻痺で体が固まらないために、リハビリを継続的に受けることが必要だが、回数は少し減らすにしても、誰がどうやってリハビリへ連れていくのかも考える必要があった。首の据わらない子を妊娠中の大きなお腹で抱っこすることは大変という理由だけでなく、もしまた胎盤剝離になったらという恐怖があったので、できる限り最少限に留めたかった。負担を減らすために、障害者手帳の取得によって使えるようになった福祉サービスの活用が必要だった。そして、減ってしまうリハビリの回数を補うために、リハビリ目的の母子入院も検討し、まずは一月に母子入院を予約した。さらに一月の母子入院が終わったときに、三月にも母子入院を予約した。三月の時点で妊娠中の私がどんな状態になっているかは分からないが、可能な限り尚くんにリハビリを受けさせてあげたいという気持ちがあった。

また、尚くんを緊急帝王切開で出産したので、必然的に次の子も帝王切開により出産することになることも考えなくてはいけないことの一つだった。また胎盤剝離を繰り返さないために少し早目に帝王切開の手術をするのだが、どの病院で出産するか、いつ手術にするか、自分の入院中に尚くんとMの世話はどうするか、退院後一カ月ほどは手術の傷が痛むため尚くんの介護はできないと思われること、産後しばらくは安静が必要で、自分の両親が近くにいないため日々の家事と生まれた子の育児をどう乗り切るのか、そんな時期にもし尚くんかMが入院することになったら付き添いはどうするのか……考えれば考えるほど、次から次へと懸念材料が浮かび不安は尽きなかった。

結局、尚くんは日中預かりなどをお願いしている施設へ入所させることになった。入所させるとなると今度はそれに必要な書類の準備や今まで受けていた福祉サービスの停止など、しなければならない手続きが出てくる。考えれば考えるほど、次から次へとやるべきことが出てくるのだった。こういった準備を進めていく上では、どうしても周囲に妊娠の事実を伝える必要が出てしまい、私の意に反して妊娠の事実を広めざるを得なかったが、私が恐れていた「もう一人子どもを産むなんて……」という批判をされることはなかった。むしろ私が大変になることの心配や、できる限りの援助をすると応援してくれる人が多かったことがとても救いだった。

○二度目の母子入院

二〇一四年一月六日〜十六日の一〇日間、尚くんを連れて二回目の母子入院をした。今回は前回とは異なり、リハビリ目的の母子入院である。今後、三人目の出産を控え、尚くんのリハビリを減らさざるを得ない状況が考えられるので、少しでも集中的にリハビリをしたいと考えて、姉のMの冬休みに合わせて事前に予約していたのだ。十二月の入院騒ぎで母子入院ができるかどうか危ぶまれキャンセルも考えたのだが、持ち前の回復力を発揮した尚くんは、無事に母子入院をスタートすることができた。

ちなみに、退院後の尚くんは、入院前よりもずっと状態が良かった。発作も全くなくなり、ステロイドを投与していた影響か、食欲が増進していて嘘のように口から食べるようになった。レトルトで売られている七カ月～一二カ月ぐらいの離乳食を一袋食べてしまうぐらいだった。私と夫で、このまま栄養チューブが外れるのではないかという期待をもつほどだった。しかし、現実はそんなに甘くなく、残念ながらステロイドの影響が切れていくに従って、口から食べる量が次第に減っていった。

母子入院中は毎日、理学療法士と作業療法士が入り、二週間入院するということでさらに脳波、ＭＲＩ、嚥下の造影検査までできることになった。いつか栄養チューブを外すことを目指してずっと頑張ってきたこともあり、この嚥下造影検査で飲み込みに大きな問題がなければ、今後も安心して口から食べさせる練習をすることができる。そう思うと造影剤の入ったものをちゃんと食べてくれるのか……心配はある反面、期待もいっぱいだった。結果的に、食べさせるものの形状と尚くんの姿勢に注意しながらであれば、経口摂取も大丈夫だという判断が出た。今までの努力は無駄ではなく、頑張ってきて良かったと実感できる母子入院だった。

○生きていくための人のつながり――松井久子監督の来秋

三月二十二日、二十三日、この二日間は私にとって忘れることができない日。障がいのある子を抱え、知り合いも頼れる親戚もいない秋田に来たことをとても心配してくれていた松井久子映画監督が、秋田まで私たち家族に会いに来てくれた日だった。松井監督をはじめ多くの友人たちが言ってくれた「そのうち秋田に行くから。会いに行くから頑張って！」という何気ない言葉がどれだけ私の秋田での生活の支えになっていたか、それは私にしか分からない。友人たちが秋田に来たときに、少しでも以前のような私でいることが一つの目標になっており、先の見えない生活を今まで頑張ってこられた要因の一つであることを改めて感じた。

この松井監督の秋田への慰問の際、せっかくの機会なので三月二十二日は松井監督にお願いして一つのイベントを開催した。その時の私の気持ちを次のように書き残している。

「生きていくための人のつながり」

昨日は、松井久子監督の映画「折り梅」の上映会&トークセッションがありました。

思い返せば、一年四カ月前、Mと重度の障がいを背負うことになった尚くんを連れて、友人も知人もおらず、両親とも離れ、雪が多く関東とは全く違う環境かつ、土地勘の全くない秋田へと引っ越してきました。その年は大雪で、自分と家族が負った重い運命を嘆き、孤独と苦痛で泣いてばかりの日々を過ごしていました。

なぜ私がこんなことに……と思い、誰かに代わって欲しくて、逃げ出すことばかり考えていました。そんな毎日の中で、東京にいたときの友人たちが、秋田に会いに行くから頑張ってねと言ってくれた言葉が支えでした。松井さんの「そのうち秋田に会いに行くわ」という言葉も、ずっと私の支えでした。直接会えなくても、ネット上のつながりがあり、色々な場所から励ましてくれる友人がいました。それらを支えに、私も私なりに誰にも代わってもらえない運命を引き受ける覚悟をして、秋田でも人とのつながりを増やしていくことができました。

そして、松井さんがとうとう秋田に来られることになり、貧乏性(?)の私は、せっかく秋田に来られるのに私たち家族に会って帰るだけじゃ勿体ないし、私にも何か秋田でできることがあるのではとの思いもあって、私なりに広げてきた人とのつながりから、昨日のトークセッションとなったわけです。

実際はイベントのために私が何か準備をできるわけもなく、快く引き受けてくれた坂下さん、竹下さんに全部丸投げだったけれど、お陰さまで便乗して楽しい時間を過ごさせてもらいました。

今思うことは、最初は秋田に来るのが本当に嫌だったし、最初の年は東京へ戻ることばかり考えていたけれど、どこにいても自分が拒否しない限り人とのつながりはできるということ。尚くんの障がいのおかげで知ったことも多くて、運命は過酷だけれど、得たものも大きいということ。

とは言っても、まだ尚くんは一歳七カ月。これからも今までのように、今まで以上に大変なこともあるし、泣きたくなるようなこともきっと多いのでしょうね。そして、そのたびに私はまた落ち込むと思います。そんな時でも、人のつながりを大切にしてきっと乗り越えていける、そんな気がします。

イベントに参加する前、私は松井監督の著書『松井久子の生きる力』という本を何度か読み返した。秋田に来る前も秋田に来てからも、今の私の状況を誰かに代わって欲しくて、自分の過酷な運命から逃げ出すことばかり考えていた日々。時間が過ぎるなかで少しずつ運命を引き受ける覚悟ができてきたように思えるこの頃。自立ではなく「自律して、生きる」という言葉が強く私の心に沁みるようだった。

二十二日、尚くんの世話は夫に任せて、私は姉のMと一緒にイベントに参加するため出かけて行った。大きなお腹を抱えてこのイベントに参加できたのも、尚くんのような子がいながら一年四カ月という時間でも秋田で人とのつながりをつくってこられたのも、実は陰に夫の絶大な協力があったからだということを、イベントに参加しながらヒシヒシと感じていた。そう、私が自由に外に出ることができるということは、家で夫が尚くんを、時には尚くんとMの二人を世話してくれるということと常に裏返しの関係なのだ。なかなか夫の協力を得ることができず私のように外に出たくても出ることのできない障がい児の母がどれだけいるのだろう……。その人たちはどうしているのだろうか。心が折れてしまってはいないだろうか。絶対数が少ないため表面化しない悲しい実態に思いを馳せた。

翌二十三日は、とうとう松井さんに初めて尚くんに会ってもらう日だった。本人は全く覚えていないが、姉のMは一歳になる前に松井さんに会って抱っこしてもらっている。会ってすぐに尚くんを抱っこしたいと言ってくれた松井さん。何の躊躇もなく尚くんを抱っこしてくれ、尚くんもとても落ち着いていて何だか嬉しそうだった。そして、これが、私が待ち望んだ瞬間だった。この日が来ることを信じていたから、今日がある。日々の尚くんの介護はそれなりに大変だし、まして妊娠後期に入り大きなお腹での介護となると、その大変さは増すばかりだけれど、それでも、私は母であると同時に一人の人間として自律して生きていきたいとの思いがより強くなった。そして、松井さんの撮影した『レオニー』という自律して生きる女性を描いた映画を秋田のもっと多くの人に知ってもらいたい、上映会を実現したいと強く思った。

○母子入院でのリハビリ

三月二十五日、三回目の母子入院をした。今回もリハビリ目的の入院だった。ちなみに、秋田県はとても恵まれていて、障がいをもつ子の必要に応じて複数回の母子入院をすることができる。江戸川区にいたときは、母子入院は一回きりの四週間だけという話を聞いていたので、秋田は尚くんにとっては非常にいい環境だと言うことができる。わが家は上に姉がいるため思うように母子入院することはできないが、それでも、必要なときに母子入院ができるということは非常に良いことだと思う。一般の子育てと同じように、障がいのある子の状態は成長に伴って刻々と変化し、その時々に応じて乗り越えていかなければならない課題が生じる。教科書にあるような子育てはできず、その課題を親だけの力で解決するのには困難が伴う。尚くんも昨年十二月の生死をさまよう入院以来完全になくなっていた発作が出始めたり、反り返りが強くなってきてどうしても落ち着かなくなってしまったりして、ちょうど一緒に状態を見て対処法を考えてほしくなってきたところだった。

今回の母子入院は私の出産を目前に控えていて四日間と短期間だったが、理学療法士、作業療法士、言語聴覚士からの訓練を毎日受けることができた。それだけでなく、前回の離乳食から幼児食のロボクープ食に変えたこともあり、尚くんが家にいるときよりもずっと美味しそうに食べている姿を見ることもできた。この頃、家で経口ではそれ程食べていない原因をミルクだけでなくラコールを追加したことにより、空腹でなくなったためだと考えていたが、それよりも食事がワンパターン化して飽きが生じていたことに原因があるのかもしれないと気づかされた。

○帝王切開手術を前に

今日は四月一日。ちょうど今お腹にいる子が三六週〇日になる二〇一四年四月二十二日、私は帝王切開により三人目の子どもを出産することを予定している。帝王切開はそれほど危険な手術ではない。でもその一方で、開腹する手術である以上、危険はゼロではない。人生、いつ何が起こるかは誰にも分からない。それは、想像もしなかった状態で尚くんを出産して以来、痛切に感じている思いだった。この日に備えて、私はこっそり自分の遺言を準備した。自分からはずっと遠くにあった死や障がいが今は常に私の身近に存在している。もし私に何かあったら、Mは、尚くんは、そして生まれてくる子はどうなってしまうのか……。そんな不安は尽きなかった。その一方で、無事に出産できればまた、今見えてきている未来が良い方向に変わっていくのではないかという期待もあった。

○友人の気遣い

四月十一日、私と同じく弁理士をしている大親友の克子ちゃんが秋田まで来てくれた。初めての秋田にもかかわらず、何と日帰りで来てくれたのだ。私を励ますためにたくさんのお土産を抱えて。そしてずっと気にかかっていた窓掃除をしてくれたり、買い物に出かけて二日分の夕飯の支度をしたりと、出産前の私の体を気遣って次から次へと家事をこなしてくれた。そして何よりも念願だった尚くんに会ってもらうことができて嬉しかった。いつもFacebook上で励まし続けてくれていた克子ちゃんが、私のために時間を見つけて秋田まで来てくれる。同じ子育て中の身で、仕事も忙しいというのに……。こんなに嬉しいことはなかった。

果たしてこれが逆の立場だったら、私はどこまでできただろうかと、克子ちゃんの気遣いにはいつもハッと驚かされる。私も彼女と同じように、大切な友人に気遣い、温かく深入りしないように接することができるようになりたいといつも思う。

○三人目の出産のため東京へ

四月十四日。私の帝王切開に備えて尚くんが県立医療療育センターに入所した。今まで何度か療育センターに預けてきたが、宿泊させたとしても一泊だけ。それがこの日からはずっと連泊になる。本人が表現できる以上に、周囲の状況を理解しているように思えて、環境の変化を尚くんがどう受け止めるかと思うと心配でならなかった。預けてしまってほっとした反面、気になって気になって、もともと夜中に目が覚めやすかったけれど、起きてしまうことがさらに増えた。どうしているかな、出産前にもう一回会いに行けないだろうか……とFacebookで呟いたら、秋田へ引っ越してきて最初に友人になってくれたまちゃさんが、仕事の休みの日を利用して私を療育センターまで連れて行ってくれた。インターネット上で知り合い、まだ直接会ってもいないのに、引っ越し当初、友人のいない私に引っ越しの片づけを手伝いに行きましょうか？　とまで言ってくれたまちゃさん。そして引っ越した当初、大きい病院で再検査を受けなければならない私を、土地勘もなく雪もあるからと病院まで連れて行ってくれて、娘のMの相手をしながら待っていてくれたのも彼女だった。ありがたいことにいつも気にしてくれて、今も変わらず秋田での生活の支えになってくれている。

さて面会に行った十八日、当の尚くんはというと、会いに行くとちょうどご飯を食べる練習をしていたところ。抱っこされている様子を覗くときょとんとした顔。誰だっけ……って感じで、何だかあまり分かっていない様子。それでも、しばらく抱っこしているとニコニコしてくれて、いつもの笑顔で安心できた。

翌日は、残っていた荷造りを済ませのんびりし、二十日に出産のため秋田から東京へ移動した。この移動の日をいつにするのかは、とても頭を悩ませた我が家の課題だった。当初はもっと遅い予定だったが、もし何かあったら……という不安がつきまとう一方で、あまり早く移動すると尚くんを一人で預ける期間が長くなってしまうし、住む場所があるわけではないので滞在場所に困るという理由からだった。なぜわざわざそんなに迷う選択をしてまで東京で出産するのか……。

それは、姉のMと尚くんを出産した病院でもう一度出産したいという私の強い思いがあったからなのだが、単に私のわがままだったのかもしれない。けれど、尚くんの後遺症が重いことやそれを理由に秋田へ行くことなどを何も告げずに急に何もかもから逃げるように引っ越しした私が、産科医療補償請求をするために不意に連絡を取った際にかけてくれた院長先生の言葉が忘れられなかった。電話口で言葉を詰まらせ私よりも泣いたりすることもある先生だった。私のことを心配して色々な手助けをしてくれ、以降、常に気にかけ、いつでも色々な相談に快く乗ってくれるそんな池下院長先生がいる病院だった。尚くんが肺炎で入院して状態が悪化した際に、泣きながら電話する私の話をいつまでも聞いてくれたのも池下先生だった。池下先生がいたからこそ頑張ってくることができたこともあり、今の私がここにいる。私は出産の際のトラウマを抱えていたから、「出産する＝死ぬかもしれない重大なこと」という思いから逃れることができず、尚くんのためにもう一人きょうだいが欲しいと思う一方で、出産に臨むことがすごく怖かった。少しでもその恐怖を取り除くために、池下レディース・チャイルドクリニックの池下院長のもとで出産したかった。そして夫は、東京で池下先生のもとで出産したいという私に、「直観には従ったほうがいい」と賛成してくれた。

○三人目の出産、再びNICUへの搬送に

二〇一四年四月二十二日。とうとう帝王切開手術の日が来た。今までの出産と大きく違うのは、全てが予定しているものという点だった。朝八時半に最後の診察を受け、十一時頃に手術室へ移動した。あの時、こんな手順だったかな？　などと、一年八カ月前のことを少し思い出しながら……。そして、手術台に横たわったまま、赤ちゃんとの対面。妊娠一三週で受けていた超音波専門外来の医師の言うとおり、女の子だった。とにかくほっとした。

まだぼんやりとしたまま病室へ移動した。術後四時間ほどして、夫は今日中に秋田まで戻るという話をしたところ、小児科の医師から話があると言われた。赤ちゃんは、少し呼吸が苦しそうとのこと。新生児一過性多呼吸という帝王切開の場合にはよくある症状だと思われるということだった。とりあえず様子を見つつ、今後どうするかを検討するということだった。そし

て、夫は新幹線に乗って帰って行った。

夕方六時頃、小児科の医師が私の病室にやってきて、状態を見ていたが昼間よりも呼吸が苦しそうだとのことで、ＮＩＣＵのある病院へ連れていき状態を管理してもらったほうがいいという話があった。その話を聞いて、一年八カ月前のことが私の中に走馬灯のように駆け巡った。それは、思い出したくない悪夢だった。今度は、母子一緒に病室で過ごしてのんびりすることを望んでいた私。またしても、別々に過ごすことになってしまうのか……と。今回の出産に当たっても、何があるのか分からないという思いがあり、もちろん覚悟はしていた。けれど、まるであの日のことを追体験させられるようなことは、やはり私にとっては辛いことだった。夫にＮＩＣＵへ搬送することの相談のために電話をしたが、電話はつながったものの、あいにく新幹線の車中でまともに話はできず、当然、決断は私に一任されることになった。もし症状が思っているよりも悪かったらという不安、また別々に過ごすことの寂しさが頭を過ぎった。

私の思いを優先して生まれたばかりの新生児に苦しい思いをさせることは本意ではなく、複雑な思いのなか、ＮＩＣＵへの搬送に同意した。そして何の因果か、搬送先は尚くんが救急搬送されたのと同じ病院であり、今回は夫もおらず、術後の私も付き添えず、赤ちゃんだけでの寂しい搬送だった。

翌日、夫は赤ちゃんが搬送された病院に電話し、その後の状況を問い合わせた。通常は本人であるかの確認が取りにくいことなどから電話での問い合わせに応じてはくれないが、今回の我が家の特殊事情を考慮して、赤ちゃんの病状について教えてもらうことができた。当初考えていたとおりの新生児一過性多呼吸であり、肺の水が抜けきって状態が安定すれば退院できるという話だった。それを聞いてほっと一安心した。後は、私の入院予定の間に退院してくれることを願った。そうでないと、住むところのない状態のため赤ちゃんだけを置いて一度秋田に帰らなければならないからだ。

当初、私の退院まで東京に来る予定のなかった夫は、赤ちゃんの様子を知るために再び東京を訪れ、産後ある程度回復していた私も産院の車で入院先まで面会に行かせてもらえた。面会に行くと、だいぶ状況が良くなっていること、もう少しで酸素を切って普通の状態で呼吸に問題がないかを見る予定だということを聞いて安心した。さらに、尚くんが入院していたときにお世話になった先生や看護師に会うこともでき、今の尚くんの状態を話し、写真を見せることもできた。そして、七日間の入院を経て、赤ちゃんがＮＩＣＵを退院できることになり産院に戻ってきた。尚くんのときにできなかった母子同室でのひと時を過ごすことができた。

今回の出産の一件は、かつての辛い出来事を思い出すことにもなったが、反面、尚くんがお世話になった先生や看護師に会うこともでき、ある意味、赤ちゃんがそんな粋な引き合わせをしてくれたのかもしれない。そして、尚くんの出産のときに何かをやり残してしまったような、心のどこかにあった自分の中の未消化だったことを消化し、浄化することができたような気持ちになれた。

ちなみに、三人目を妊娠した際に、多くの人から、「よくもう一人産もうという勇気があったね。すごいね」などとよく言われたが、もちろん不安がないわけではなかった。勇気があったというよりも、むしろ不安でいっぱいだった。姉のMのときも尚くんのときにも行ったが、ダウン症ではないか、脳や心臓に異常がないかなど、エコーで見ることができる超音波専門外来（いわゆる胎児ドッグ）を妊娠一三週と二一週に受けて、最低限の検査は受けていた。しかし、尚くんのときのことを考えると、いつ何があるかは分からないという思いは常に頭のどこかにあった。夫にも同様の不安があり、それがストレスとなって出産目前の四月に夫の長期の体調不良が発生したのではないかとも思っている。どんな障害をもって生まれたとしても、その子に必要な医療と学習の機会があり、親やきょうだい児への適切なサポートがあれば、もっと安心して妊娠期間を過ごすことができただろうと思うが、私の妊娠中は正直なところ心の中は不安でいっぱいで、心休まることはほとんどなかった。

第五章　再び秋田での生活……今度は家族五人で

○尚くんが自宅に戻るまで

産後すぐに家事に育児にと忙しいのは大変だからということで、少し長めに過ごした産院での入院生活を終え、二〇一四年五月七日、産まれたばかりの次女Nを連れて、夫、姉のMとともに新幹線で秋田に戻ってきた。まだ帝王切開後の傷が痛み、何とかNを抱っこして背負えるだけの荷物を持っての帰宅だった。そして、もうしばらく尚くんには療育センターで過ごしてもらいつつ、まずは親子四人の生活がスタートした。

日本では古くから「産後二一日間は安静にしなさい」と言われているが、実家から遠く離れた秋田にいて、夫の母親も既に他界している我が家ではそんなことを言っていられないのが現実だった。少しでも休む時間を確保するため、秋田市社会福祉協議会が行っている「ふれあいさん派遣事業」というのをお願いした。これは、病気やケガ、産前産後などで家事援助や介助が必要な世帯に、短期間、単発で生活支援をするために、ふれあいさんを派遣してくれるもので、月曜日から土曜日までの午前九時〜午後五時の間で、一日四時間を上限として原則二週間まで（産後については連続して二十一日まで）お願いすることのできる価格を抑えたサービスだった。二〇一三年の十一月にも、尚くんの介護ヘルパーを依頼して準備が整うまでの間にお願いしたことがあり、その際に産後にお願いしたいということであらかじめ依頼していたものだった。

誰でも同じだと思うが、家事の中で一番大変なのは買い物と毎日の食事だった。なるべく休むようにと思い、あらかじめ一週間分の食事のメニューを決め、それに合わせて土日にまとめて買い物をするように夫にお願いした。これが簡単なようで結構大変。途中で足りなくなったりしないようにと色々と頭を巡らせた。そして、毎日の夕食のメインと掃除、洗濯物を畳む作業とNの沐浴をふれあいさんにお願いした。その間の私はというと、本当はベッドで横になって寝られればいいのだが、お金を払ってお願いしていても、なかなか人に全部を頼んで自分はダラダラしているというのができない性分らしく、ソファーに座って休みつつ、ふれあいさんにやって欲しいと思うことを次々と指示していくような感じだった。ヘルパーさんでもふれあいさんでも、人が支援に入ってくれるのはとても嬉しいのだが、反面、どこかで気を遣ってしまってダラ〜っとは休めないデメリットもある。

尚くんを出産したときの帝王切開手術の後は傷の痛みが強く、病院のベッドと違い、電動で上げることができない自宅のベッドから起き上がるのに、最初のうちは一五分ほどの時間をかけるぐらい恐る恐る動いていた。しかし今回はそこまで傷が痛まず、懸念していた寝起きや立ったり座ったりはそれほど苦痛ではなかった。今回は手術時の出血も比べものにならないほど少なかったし、精神的なダメージも少ないのだろうが、傷の痛みに対してこれほど違いが出るとは自分でも思いもよらなかった。

尚くんが退所してくるまでの日々は、家族四人でそれこそ尚くんが何も問題なく無事に生まれていたらそうなっていただろうと想像できるような、平穏な毎日だった。そんな平穏な毎日を過ごしていると、時々ふと尚くんが戻った後の生活に思いを馳せて、尚くんには非常に申し訳ないのだが何となく憂鬱になってしまった。久しぶりに「尚くんがもし障がいをもっていなかったら……」とか、「尚くんがもしいなかったら……」などという現実から逃れたいという思いがついつい蘇ってきてしまった。そして、「尚くんごめんね」と心の中で謝ってみた。

しかし現実には尚くんは退所してくるわけで、私は尚くんを育てるという運命から逃げることはできないし、今はその運命から逃げるつもりもない。そんな感傷的な私の思いを振り払うのに何より救いだったのは、姉のMが事あるごとに「尚くんはいつ帰って来るの？　早く帰ってこないかなぁ」と言ってくれることだった。姉のMから見たら、産まれたNも可愛いし、尚くんも可愛くて仕方がないようなのだ。Mの純粋さには何度も救われる。

そして、尚くんの退所の予定は当初五月末だったのだが、主治医の学会などの予定があったため、相談の上、一週間ほど退院を延ばすことにした。そんな尚くんの退院前の五月二十四日、前日から喉が痛かったことに加えて何となく悪寒がしていたので熱を計ってみると、三七・五度。久々の発熱だった。こんな時に病気になっている場合じゃない、とにかく寝て休んで熱を下げた。ところが、翌日、私の風邪がどうやら夫にも移ったらしく、今度は夫が寝込んでしまった。夫が体調を崩して四日目。熱が朝は下がるけれども、午後になると上がることの繰り返しに段々と私自身も疲れが出てきた。なかなか良くならないので、再度病院へ行ってもらうと、何と肺炎とのことだった。こんな状況で尚くんが帰宅したらとても対応できないということで、再度療育センターと相談して、もう数日間、入所期間を延ばしてもらった。そして未だ解決していない我が家の今後の課題が、親が病気になったときの対応と尚くんが入院になったときの対応だということをまた思い出した。だが、この解決策は今のところいくら探しても見つからない。特に、尚くんがもし入院してしまったら……と考えると気が気ではない。

○尚くんが自宅に戻って……

そんな状況のなか、とうとう尚くんが退所する日、六月九日がやってきた。やっと家族五人の生活がスタートするのだ。夫も仕事を午前中で切り上げ、妹のNも連れて一緒に療育センターへ迎えに行った。尚くんとNの初めての対面の瞬間だったが、お互いに分かったのかどうか……。二人を並べてみると、今まで赤ちゃんのように思っていた尚くんがとても大きく、成長しているんだなぁという実感がもてた。

帰宅当日の夜、夜の薬を与えるとウトウトしてきたらしく、いつの間にか眠っていた。そして、この日は朝までぐっすりと眠ってくれた。環境が変わった影響で夜中にスパークするのではと恐れていた私も夫も、ようやく一安心することができた。そして、その後一週間ほどは、以前のように頻繁に吐くこともなく、離れていた期間の成長を感じる毎日だった。もちろん、号泣する時間がなくなったわけでもなく、反りも強いままであるし、力が付いたために最も強く反ったときには元に戻してあげることもできないぐらいになっているが、それでも穏やかに家族五人の生活をスタートすることができたのだ。

尚くんが退所するちょっと前ぐらいから、時間的にも余裕があったので、久々に読書をした。子どもを育てているとなかなか読書の時間がとれない。まして子どもに障がいがあるとなると、時間がないのは当たり前。私の時間があるとしたら、ちょっとした細切れ時間だけで、その時間もいつもと違う部分の掃除だったり、いつもより一品多

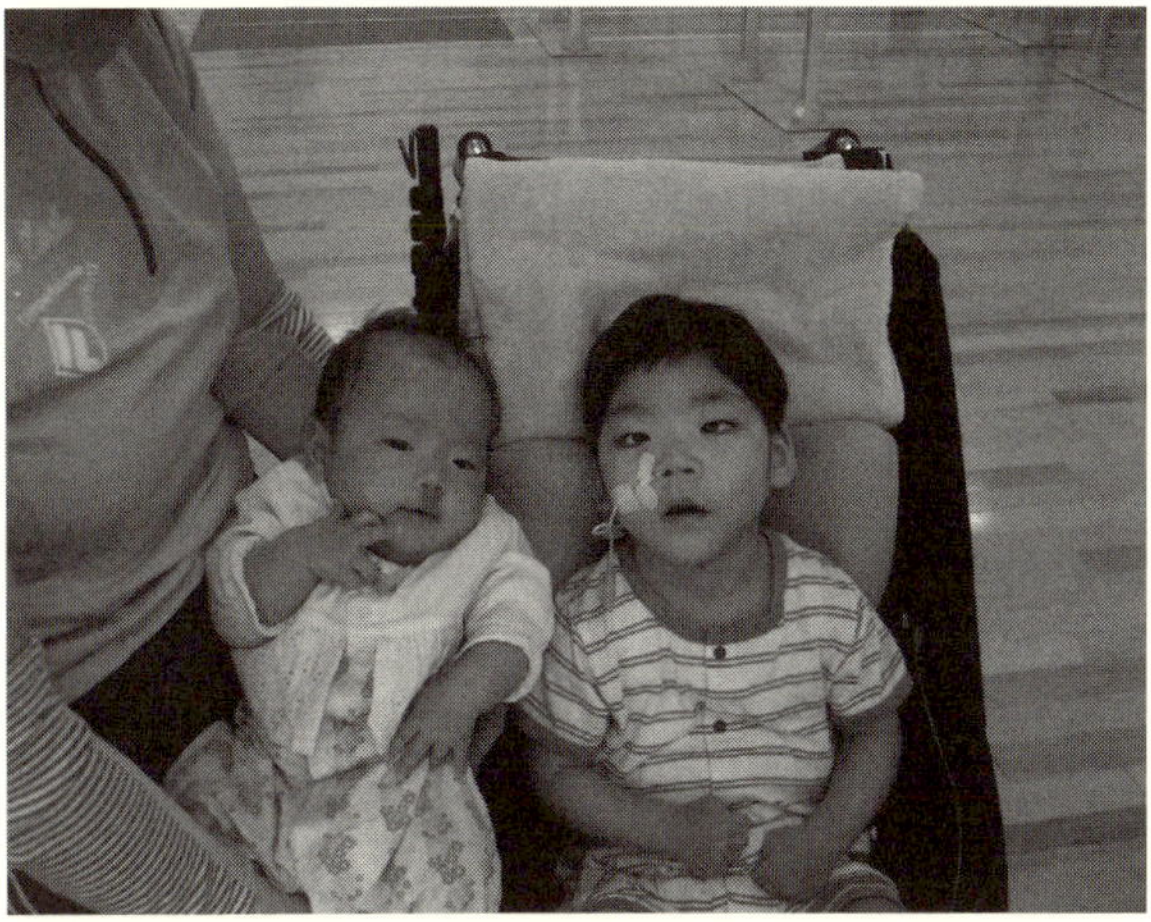

療育センターで兄妹並んでツーショット

いご飯の支度に使うことになったりしていた。自分のためにやりたいことを何もできない状態にもだいぶ慣れてしまったところだったので、私の人生を充実させる（?）意味でも、贅沢に思える貴重な時間だった。読書を終えて、私はこんなふうにFacbookに記述している。

Nちゃんが生まれて秋田に戻ってから、久々に読書をしました。本当は睡眠時間の確保といきたいところだけれど、夜中に起こされてすぐに寝付けるほど器用じゃなく、変に目が冴えてしまったときに少しずつ読書を蓄積したのでした。

さて、読んだ本は『重い障害を生きるということ』という本。尚くんが生まれて以来ずっと考えていた、尚くんにとって幸せって何なのだろうかという思いから読んだ本でした。

かつては世の中に何の貢献もしない尚くんのような重度重複障害者は福祉から置き去りにされていた時代があり、その時代を切り開いてきた人の考えが書かれていました。

私が尚くんが生まれるまで知らずにいた障がい者の世界です。尚くんのことがあるので、自分事として読むことができました。

さて、そんな先人たちが切り開いてきた障がい者たちの福祉ですが、その後はどうなのだろうか？　と本を読み終えて思いました。かつての本当にひどい状態から比べれば色々な制度は整ってきたのだと言えます。でも、ある程度のところでストップしてしまっているようにも思えました。

超重度で病院から退院することもできずそのまま児童福祉施設に移る子どもたちや、親が養育してくれず施設に移る子どもたちがいる一方で、重度の障がいをもちながら家庭で介護している場合もあります。そして家庭での介護をしている場合において、やはりまだ足りない部分が多いと感じてしまうのは、わがままなのでしょうか？

親には親の、きょうだい児にはきょうだい児の人生がある。障がい児の人生だけでなくそれぞれが充実した人生を過ごせるようにもっと助けが欲しいと私は思うのです。

今、我が家はヘルパーをお願いしています。一日二時間のヘルパー。尚くんをお風呂に入れてもらって、食事の介助、そして反り返って泣く場合にしばらく抱っこしてもらったりとしているとあっという間に二時間が終了です。もちろん、とても助かっています。

尚くんのためにはこんなふうに色々とサービスがあり、助けてくれる理解者が増えてきて、時々笑顔を見ることができます。快適に、笑顔で過ごせること。それがきっと重度重複障がいの尚くんの感じることができる幸せなのだと思います。

でも、残念ながら姉のMはほとんど外で遊べることがありません。家のすぐ隣に公園があるのに、休みの日に公園へ行くことは稀。それは、私たち親が疲れていて一方が休んでいると、尚くんを家に置いてMと遊んであげることができないから。特に雪の時期には雪だるまを作りたいと言っても付き合ってあげられません。

また、親としては、そろそろ何か習い事を一つぐらいさせてあげたい。でもそのためには送迎が必要になります。その送迎は、今のわが家ではなかなか難しいのが現実です。

どうでしょう？　Mにゆっくり外遊びをさせたいとか、習い事を一つぐらいさせてあげたいと望むことは過剰な要求になるのでしょうか？

なんて、こういうちょっとしたところでいつも不自由を感じています。

本当にこのとおりだと思う。きょうだい児への支援、障がい者のきょうだいをどうケアしていくかという部分への支援は皆無に等しい。きょうだい児も、障がい児と同じように成長するのだという視点が欠如しているように思えてならない。ただ普通に遊ばせたいと思ってもなかなかそんな自由はない。明らかにきょうだい児は健常児家庭に比べて行動が制限されてしまい不足する経験がある。習い事一つさせるにも、付き添いや、親の送迎負担がないものを選ぶしかない。子育てのキーとなる母親は、母子入院、母子通園、母子通学に加えて、日常の介護&看護で手いっぱい。この上、医療的ケアが関わる場合は、替わってくれる人がいなければ目の前のコンビニさえ行けないのが日本の障がい児育児の現実なのだ。きょうだい児のことを考えたいけれど、これ以上、どこにきょうだい児の体を動かす時間をつくれるのか？　障がい児のサポートを充実させてほしいというのはもちろんだけれど、きょうだい児のケアという視点でも日常生活の中にサポートが入るといいと強く思う。

本を読むことで障がい児を育てるとはどういうことなのかを改めて考え、尚くんが重度重複障がいをもつという現実と今後の状態がどうなっていくかに思いを馳せるとともに、家族の生活にも不安と期待が入り混じり、色々と考えるきっかけとなった。

○福祉サービスの使いづらさ

ところが、こうして本を読むことができたりして落ち着いていることに安心できたのも、つかの間のことだった。療育センターを退所して二週間ほどが過ぎた頃、ちょっと熱を出してみたり、鼻水の量が増えたりとし始めた。そして四週間を過ぎると急に吐くことが増えてきた。当初は、鼻水が落ち込み痰になって絡むことが原因で吐くのだと思っていたのだが、注入の途中や注入栄養剤ではなくミルクを注入している場合であっても吐くようになってきてしまった。それも一日に吐く回数は多いときには四回を超えた。退院して六週間後、さすがに疲れが溜まってきた。そして、私にも夫にも疲れが溜まってくると、お互いストレスのためか言い合いが増えるのだ。Mの前で良くないことは分かっていても、ついつい言い争ってしまう。余裕がなくなってしまうのだ。快・不快の感情はある尚くん。でも、自分の意思があるのか、意思を示せないのかがよく分からない尚くん。吐いてしまう原因を本人に尋ねたくても答えはない。その様子を見るなかで、手探りで答えを探すしかないのだ。

こんなふうに尚くんの状態が落ち着かなくなったときなど、対応を一緒に考えてもらうためにも母子入院が有効なのだが、まだ生後二カ月の子どもをどこかへ預けることはできず（仮にできても、あまり小さいうちに他へは預けたくないという気持ちが強かった。）、下の子も連れての母子入院をしたいと考えるようになった。そこで、療育センターに相談したところ、きょうだい児を連れた母子入院は前例がないとの回答だった。

「前例がない」。尚くんを育てているなかで今まで何度も聞いてきた言葉だった。はっきり言って、私にとって前例があるかどうかなんてどうでもいい話だったし、そんなことでいちいち怯んではいられない。前例がないことは、きょうだい児を連れた母子入院ができないことの理由ではない。いつも細かい相談をしているセンターの相談員、そして主治医にもどういう理由でできないのか、どうしたらできるのかという話をたびたびもちかけた。

結局、やってはいけないという決まりがあるわけではなかった。逆に、きょうだい児を連れた母子入院を積極的に認めて良いという決まりがないだけだった。そして、過去に同様な問い合わせがあって断ってきているので、わが家だけ認めるわけにはいかないという消極的な理由だった。さらに、無制限にきょうだい児を連れた母子入院が増えることに対応しなければならないことへの漠然とした不安からだった。私も無制限に母子入院をお願いしたいわけではない。育児休暇中で保育園に預けることができない状態や、幼稚園へ入園できる前の年齢であることなどを考慮して、一定の条件のもとに認めてほしいのだと再度お願いをした。

もちろん、第三子を出産することを決意したとき、ある程度リハビリが制限されうることは覚悟していた。でも、当時は母子入院ができないとは考えてもみなかった。重度重複障害を抱える尚くんが生まれたとき、私は一度、「二度と子どもは産まない」と思ったものだった。それでも将来的なことを考えるといつも不安が過ぎ去った。そのなかで出産のリスクも考え、恐れと不安のなかで迷いに迷って決意した第三子の出産だった。出産に当たって、とても多くの人が応援してくれ、支えてくれた。それなのに、少子化が問題となっている日本で、子どもが減っている秋田県で、勇気をもって子どもを産んだことによって母子入院が認められないという現状にどうしても納得できなかった。これでは、障がいをもった子を一人産んだら、リハビリのことを考えるともう一人子どもを産むことができなくなる。秋田に引っ越してきた当初、尚くんの預け先を探していた頃ほどではないが、やはり分かってもらえないのだな……とまるで自分だけ世の中から取り残されてしまったような気分になった。

母子入院のことについてもそうなのだが、他（特に他県）の障がい児の親と話をしていると、色々と気がつかされることが多い。同じ法律をもとにつくられているはずなのに、自治体ごとの格差が大きい。そしてとても残念なのだけれど、福祉サービスについての情報は待っていてももらえることはない。福祉については申請主義なのだ。誰に聞いても、「本当は役所が教えてくれるべきだと思うけど、役所の人も分かっていないので、自分から積極的に情報を取りにいかないと取りはぐれることだらけだ」という回答が返ってくる。何かないかと思って色々と調べたり動いたりしてみると、寂しいことに、役所も福祉に携わる人もほとんど何も向こうから教えてくれることはないことに気づくのだ。役所の人は慣れた頃に数年で異動するし、元の知識もそこまでなく、親切心が働く人が多いわけでもないから仕方ないのかもしれない。でも、障がい者家族にとっては死活問題だったりして、後になってそんな話、誰も教えてくれなかったと言っても、どうにもならない。

「マイノリティは、待っていても誰もフォローしてくれない、ケアしてくれない、どこをケアすべきかも分かってくれていない」とは、私をいつも支えてくれているやはり障がいのある子を育てている友人・佳代さんの言葉。障がいのある子を育てるということは、通常は誰にとっても初めてのことだから知らないことがいっぱいなのだが、そんなことを言い訳にしても何も事態は変わらないのだ。障がい児家族は賢くなければいけないし、情報に敏感であり、諦めがよくてはいけない。色々と自分を磨く必要もあるのだ。

○離れているけれどつながっている人たちに支えられ

母子入院の結論が出るまでの間に、常に行っているてんかんや緊張の薬の量を調整し続け、尚くんの嘔吐と強い反り返りは一進一退の日々だった。こんななか、竿灯の時期には私の両親が車で秋田にやって来て、姉のMを連れて久々に家族みんなで温泉旅行に出かけた。そして八月十一日、大学時代の友人・真記子ちゃんが秋田まで会いに来てくれた。せっかくはるばる秋田まで来てもらったのだが、残念ながら色々と連れて歩いてあげることはできない。逆に、帰除やご飯の支度など、すっかり家事のお世話になってしまった。

また、八月三十〜三十一日には、「一〇〇冊倶楽部」という本好きが集まるMLのオフ会で出会って以来ずっと親しくしている三好さんが秋田まで会いに来てくれた。Nの出産の際に会う予定だったが上手く都合が合わず、秋田へ引っ越して以来ようやく会うことができたのだ。最後に会ったときは内心自暴自棄だった私。ここまで前を向いて歩けるようになるとは想像もできなかった。東京と秋田の距離は遠いと思えば遠いが、同じ日本であり、その気になりさえすればいつでも会うことができるのだ。離れているけれどつながっている人たち。気がつくと私はいつも友人に支えられている。

二〇一四年九月十九日。この日、久しぶりに子ども三人を夫に任せて夜に外出した。何をしに行ったかというと、あきた結いネットというNPO法人が来年度行う活動に私も加わることになっており、そのメンバーの顔合わせの日だった。このNPOの理事長をしている坂下さんは、私と夫が秋田に引っ越してくることが決まった際に、一〇〇冊倶楽部の友人のIさんが紹介してくれたTさんという秋田移住者が中心となって不定期に開催してくれている異業種交流会で出会い、三月の松井監督のトークショーの開催をお願いしたことが縁で仲良くなった秋田での大切な友人の一人だった。そして彼女は、秋田で困っている人をなくそうと、行政が手の届かない部分に手を伸ばす活動をしている。そんな彼女がやっているNPOの活動のために、私に声をかけてくれたことがとても嬉しかった。今の私は、重症心身障害児の尚くんに加えて生まれたばかりのNもいて、子育てに追われている毎日だった。私は、日々の生活を普通に回すために色々な方の手助けを必要としている。実際は自分に何ができるか分からないし、何もできないかもしれない。それでも、そんな私の状況を理解していながら、私を必要として声をかけてくれる、負担をかけないようにしつつ外とのつながりを広げていけるチャンスをくれることが、私にもまだ存在価値があるのだと感じさせてくれた。

今の私の目標である、尚くんの人生を大切にしつつ家族それぞれが自分の人生を諦めない、そんな生き方に一歩近づくことができるような気がした。

○ようやく認められたきょうだい児を連れた母子入院

ようやく九月末になって、一定の条件の下、きょうだい児を連れた母子入院が認められることとなった。尚くんが退所して以来ずっと、二週間に一回の診察のたびに主治医に何度もお願いし、療育センターの相談員にもお願いし、考えられるあらゆる手段を使って諦めずに約四カ月頑張ってきた結果だった。当初九月には母子入院したいと思っていたが、実際に予約できたのは十二月半ばになってしまった。途中でやはり無理なのかな……と思うこともあったが、諦めなくてよかった。大きな組織ともなると色々な内部調整があるのだろうし、悪気があったようにも思えない。主治医はかなり前向きに検討してくれていたような印象だった。実際に母子入院を担当する看護師たちの間でも、全く手を借りないというわけにはいかないだろうから、色々な意見があったのだろうと思う。でも、この四カ月の間にも尚くんは成長し、Nも成長している。子どもの四カ月は大人の四カ月とは価値が違う。子どもたちにとって「今この瞬間」がどれほど大切な時であるのかを最優先に考えて、もっと早く母子入院ができるように対応してもらえるともっと嬉しかった。

結局、尚くんはようやくきょうだい児も連れた母子入院が認められたのに、母子入院することはできなかった。尚くんにも、そして私たちにも、明日、何があるか分からず、本来、「今」しかないのだ。尚くんの「今」をもっと大切にしてほしかった。

○最初で最後の生演奏会

十月二日、また一つ私の秋田に引っ越してきて以来の夢が叶った。それは、吉川よしひろさんのボランティア演奏会が実現したことだった。長女のMが生まれる前にはよく彼の演奏会を聴きに行っていた。長女が生まれてなかなか演奏会に行くことができなくなり、その後尚くんが生まれたことでますます生演奏から遠のいていた。今後は、特別な場合でなければもう生演奏を聴くことはできないだろうなぁと思っていたのだが、ありがたいことに知り合いのミュージシャンの多くは、機会があれば施設などを回って慰問演奏会をしており、秋田へもついでの際に立ち寄ると言ってくれている。そんなミュージシャンの一人が吉川よしひろさんだった。

キャンピングカーで移動しており、山形県でのコンサートの後、北上して秋田港から北海道にフェリーで向かい、北海道を回った後に再びフェリーで南下してくるというのが恒例になっており、その北上途中または南下途中で立ち寄ってもらえないかとお願いしたところ、快く引き受けてくれたのだった。都合のつく日時を伺って、いつも尚くんが通っている療育センターの相談員に場所を借りることができないかと話をもちかけ、母子通園の方々を中心に生演奏を聴く機会をつくったのだった。この演奏会を行うに当たって、いくつか調整している際に思うところがあったので、その際の日記を引用する。

十月二日は吉川よしひろさんのチェロの生演奏を聴くことができます。秋田に引っ越してきてずっと願っていたことの一つが叶います。私にとっては、とても嬉しいことです。

そしてもっと障がい者もその家族も生演奏を楽しむ機会があってもいいのじゃないかと思っており、障がい者への理解と演奏してくださる方のモチベーションアップも願って、できれば報道関係者に取材に来てほしいと考えています。

センターの担当者とも話をしたのですが、取材はOKだけれど今回は子どもたちの後ろ姿であっても写真に撮ることはNGとのことでした。そして新聞記者の方からは、演奏者と子どもたちの後ろ姿がないと記事としての体裁が保ちにくいとの回答でした。

なかなか難しいものですね。考え方は本当に様々で、良い悪いではないのです。中には、療育センターに通っていることを誰にも知られたくないと思っている方もいます。その気持ち、とてもよくわかります。きっと嫌な思いをしたこともあったのでしょう……。

でも、それでも敢えて言いたい。「バリアフリー」という言葉は一般化してきたけれど、それを願う障がい者と障がい者家族が心にバリアを造ってはいないだろうか？　先に心のバリアを取り払う必要があるのではないか……と。

強制することも、無理をさせることもしたくない。けれど数が少ない分、色々な要望の声が届きにくいのが現実。しかも状況が様々で意見をまとめることが難しいこともある。ここは思い切って私たち家族だけでも飛び出していくか……。

ちょっとした外出ならできるけれど、我が子を連れ歩くと、結局アクシデントが起きた時に疲れるだけなのだけれどねぇ。

子ども本人の意思や権利を尊重しつつ、理解を深めていけるように、少しずつ少しずつ……かな。

そして、十月二日。子どもたち三人を連れて、念願だった吉川よしひろさんのチェロ演奏会を聴くことができました。本当に久しぶりの生演奏を楽しみました。

この日のFacebookは、こんな感じです。

今日は、念願だった吉川よしひろさんのチェロ演奏会でした。

子ども三人連れてでしたが、久しぶりの生演奏を楽しみました。

最後に聴いたのはいつだったでしょうか？

もう、五年以上前のことになります。あの時の感動が蘇ってきました。

色々な施設を回って慰問演奏会をしてきた吉川さん。

ある時、目も見えず耳も聞こえない方々の施設へ行った際、どうやってチェロの音色を感じてもらおうかと考えて、一人ひとり、チェロのボディに手のひらを当ててチェロの音を奏でたことがあるそうです。

今日は、そんなお話をして長女のMがチェロのボディにタッチさせてもらいました。私も未体験のことです。

その場で吉川さんにどんな感じだった？　と聞かれてすぐに答えられなかったMですが、家に帰って来てどんな感じだったのかと尋ねてみました。

「ぼわーんとなんか気持ちいい感じのがくるんだよ。」

ということでした。なるほど〜。

一度感じてみたいものですね〜。

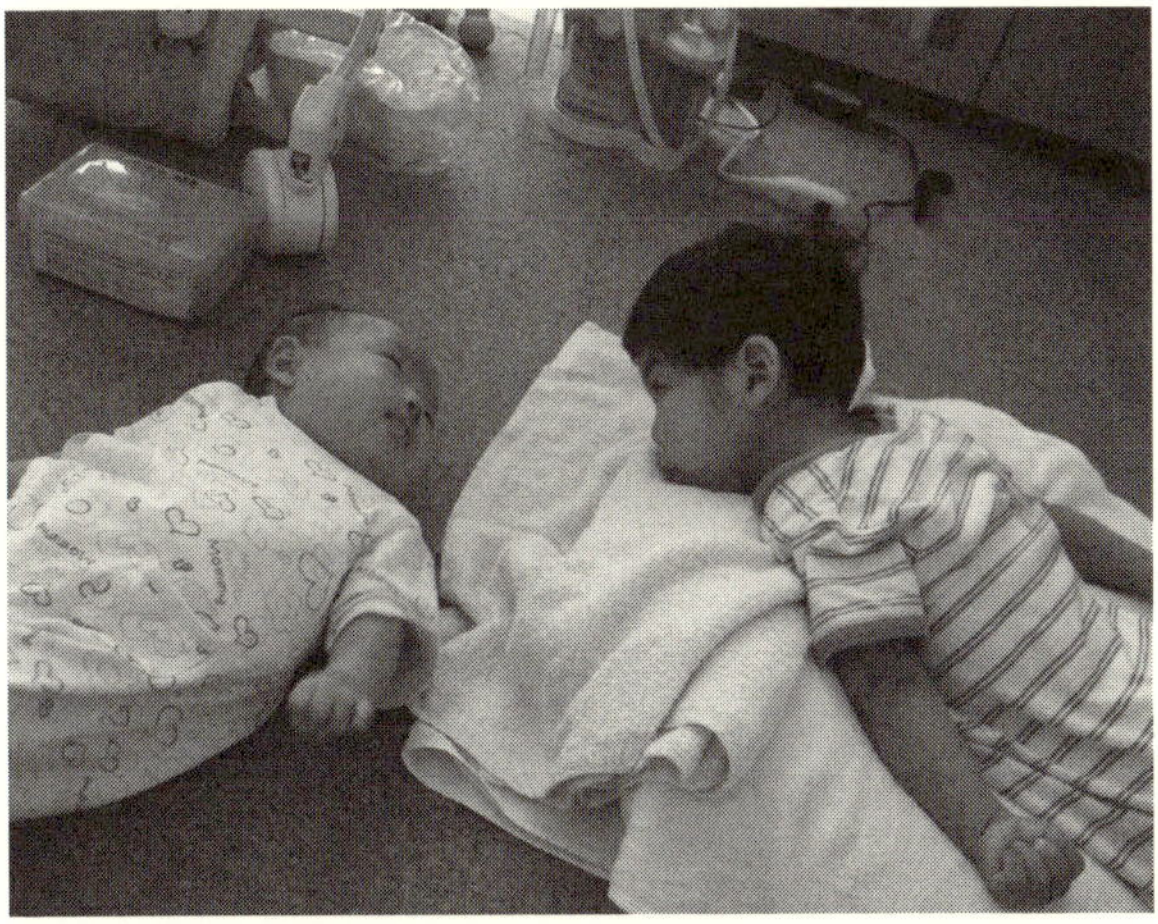

もうすぐ２歳。見つめ合う兄と妹。表情が兄らしくなりました。

第六章　日々思ってきたこと、未来に向かって

◯かけてもらった言葉の数々

尚くんが生まれてから、私のことを心配して色々な人が色々な言葉をかけてくれた。多くは励ましの言葉であり、励まそうとして言葉をかけてくれているのだが、受け止める側の心境はなかなか複雑だった。障がいをもった子を育てている人に、一体どのような言葉をかけるのがいいのか。きっと深い意味もなく善意で言ってくれているはずの「あなたがお母さんだから、選んで生まれてきた」とか、「障がいをもって生まれてくる子は、それを受け入れてくれる家にしか生まれてこない」というような言葉は、何だか自分だけが別の世界に行ってしまったようで実際はあまり嬉しい言葉ではなかった。

特に、まだ自分の子どもの障がいを受け止めきれていない状況で言われると、ただただ辛かった。どういう障がいが出るのか、障がいをもつ子を育てるということがどういうことなのかを、当初私は分かっていない状態だった。せめてなるべく軽い障がいであることを願い、で

きればこの状態が現実ではなく夢であればと思っていた。時々、もしかしたら全て夢なのではないかと思うこともあった。

「家族の中に障がい者がいるとそのきょうだいは優しい子になるよ」とか、「障がい者のいる家族は、みんな家族の絆が強いから、きっとあなたの家もそうなるよ」などという励ましの言葉が疎ましくて、自分が良い母親になれるとはとても思うことができなかった。もちろん、親しい友人が言ってくれているときは、私のことを励まそうとして言ってくれている言葉であることは理解できた。けれど、それでも何となく自分だけ違う世界に置かれているようで、むしろ距離感を感じて寂しい気持ちが強くなった。

そして、すごく親しく付き合っている友人以外からまるで決まり文句のように言われると、ちょっとムッとした気持ちになり不愉快だった。結局は他人事でしかないのだと思わせるとても嫌な言葉だった。僻みだったのかもしれないけれど、「いいわね、あなたには障がいのある子がいなくて」という気持ちが私の中に生じるのだった。言葉の裏に、「自分の家には障がい者なんて縁がない」という意識が感じられることがあった。きっと、尚くんが産まれる前の自分がそうだったのだろうと思う。しかし今は、いつ、どんな理由で自分と障がい者との関わりが生じるかは全く分からない、運命というのは時に恐ろしいくらい非情なものだということを身に沁みて感じている。私自身が身をもって、尚くんが生まれる前と後で全く別の生き方を迫られることになっているという現実があった。

今、これを読んでいるあなたは、自分が障がい児の親になるなんて考えてみたこともないかもしれない。もしかしたら「自分の家には障がい者なんて縁がない」というどこからくるのか分からない怖い自信のようなものをもっていて、他人事と考えているかもしれない。でも、人生何が起きるか全く分からないもの。私自身が、障がい者の人生について全く実情を知らず、あまりにも無関心だったことに尚くんの出産で気づかされ、今はとても情けなく恥ずかしい思いになった。きっと、私は「自分には障がい者なんて縁がない」とどこかで勝手に思っていた。そして冒頭に紹介した球磨養護学校を訪問したときのことを悔いている。恐らく、世間一般から見たら良いことと褒められることだったけれど、受け止める側の養護学校の子どもたちや先生、親御さんや兄弟姉妹の思いを私はどこまで汲み取ることができていただろうか。考えれば考えるほど、もっと違う形での訪問ができたのかもしれないとの思いでいっぱいになる。

そして、「障がい者を抱えたお母さんは明るく素敵な人が多いし、家族は優しく結束力が強いから」「あなたも、そんなふうにきっとなれるよ！」との励ましも、辛いことが多かった。そんな言葉をかけてもらっても、何の励ましにも、説得にもならなかった。だって、あなたならきっと大丈夫、乗り越えられるなんて言われても、自分では全くそう思えていなかったから。心の中で、「自分が障がい者に選ばれるような親だとも思わないし、誰も、障がい者を産みたいとか育てたいなんて思わないでしょう？　誰もがわが子の健康を願うはずでしょう？　私は今、そんな願いが全てもてない状態だっていうことを全く理解してくれていないじゃない！」

と強く反発していたものだった。

でも、目の前にあるのは、障がいをもってしまうことを受け止めるしかないという耐えきれないほど苦しい現実だった。受け止めたくはないけれど、自分が受け止めて何とか頑張らなければ成り立たない、目の前に立ちはだかった現実。辛いけれど、頑張って生きていると思えるわが子を見て、無理だと思いながら、それでも強くて明るい良い家族になっていければと願うだけの毎日だった。

障がい児ママ友の一人佳代さんが教えてくれた「オランダへようこそ」という文章がある。ダウン症児のお母さん、エミリー・パール・キングスレーさんが一九八七年に書いた文章とのことだが……。今はインターネットの時代だから、ちょっと調べれば見つかると思うのでよかったら検索してみてほしい。あまり悲観的にならず、でも障がい児を育てることをイメージとして伝えてくれる素敵な文章だと思う。

でも、この文章は今でも私にとっては涙なしには読めない文章だ。私もイタリアに行くはずだったのにと思うと今でもやっぱり辛い。どうしても、「もしもっと早く病院に行っていたら……」とか「前日に診察をもう一度受けていれば……」という「たら・れば」の思いはふとした時に浮かび、どうしても消すことはできないままでいる。

ちなみに尚くんがまだ退院したばかりの頃の私は、オランダどころか無人島に辿り着いてしまったような気分であり、まだその事実に気がついたにすぎない状態にいた。オランダなら、無人島よりもまだいいじゃないの！　と思ってしまうようなとても悲観した状態だった。産後すぐにはまだ現実が見えておらず、生後一カ月弱の頃に撮ったＭＲＩの結果にまず打ちのめされ、そして、生後三カ月の頃に痙攣発作を生じたとき、秋田に引っ越して夫が肺炎になったとき、大雪で外出することもできない秋田での生活の中で、激しく泣く尚くんとまだ状況も分からず色々と自分の要求を言ってくるだけの姉のＭの二人を育てながら、絶望と孤独の中で共に過ごしていたとき……と何度も何度も打ちのめされていた。きっとこれから先も何度も何度もそんな状況がやってくるのだろう。

子どもが障がいをもって生まれてくるという現実は、それがどのような障がいであっても、それが分かったときの親のショックは同じように辛いものだということが今はよく理解できる。障がいの程度が大きいからより苦しいとかより大きくショックを受けるとかいうことではなく、本当に同じで、障がいは千差万別で比較するものではない。どちらの障がいのほうがより大変か……などと争うものでもない。でも、私より先に障がい児を育ててきた友人たちは「オランダへようこそ」と言えるように少しずつ少しずつ乗り越えてきたのだろう。私もいつか、心の底から「オランダへようこそ」と言えるようになりたいといつも思っている。

○支えてくれたもの

親であれば、子どもの成長を願い、自分よりも長く生きることを望むのが当たり前だと思っていた頃のことが懐かしい。よく、一番の親孝行は親より長く生きることだというけれど、尚くんが生まれてから一年ほどの間、私はそうは思えない世界にいた。普通、想像することができるだろうか。子どもの死を願うことがあるなんて。私は、一度も想像したことがなかった。でも今は、いつも、ふとした折に、子どもの死を考えてしまう。自分にも死の誘惑が訪れる。きっとこれは障がい児を抱えた母親に共通する思いなのではないかと思う。でもそれでも、まだ私は生きているし、尚くんも一生懸命生きている。それは、こんな私だけれど、今の私を色々な形で支えてきてくれたもの、支えているものがあるからだった。

私を生かしてきた一番のものは、やはり上の子の存在だった。姉のMがいなければ、私はすぐにも尚くんと共に死を選択していたかもしれない。一度、本当に死んでしまおうと思いベランダに走り寄ったことがあったが、その時、Mは泣きながら「ママ、お願いだから死なないで‼」と叫んでくれたことがあった。小さな子どもに何てことをしてしまったのだろうと思う。心の中に何らかのトラウマが残ってしまったのではないかと心配になり、そんなMにだけは辛い寂しい思いをさせたくなかった。

そしてもちろん、今まで出会った友人たちからの色々な励ましも私を支えてくれた。応援するつもりでかけてくれる言葉がどうしても辛くて全く受け止められない心境のときもあったけれど、それでも励ましてくれるその気持ちが嬉しかった。私のことをよく理解している友人の中には、私がかなり落ち込んで連絡をしたときはすぐに駆けつけてくれて、励ましの言葉をかけることもなく、ただひたすら私の話を聴いてくれたこともあった。尚くんの障がいを受け止められていない私には、そんな私の気持ちをただ聴いてくれるだけの友人のほうが、まるで綺麗事のように感じられる色々な言葉をかけてくる友人よりも、ずっと私の気持ちに寄り添い、支えてくれる存在に思えた。

そして、同じように障がい児を育てている人との出逢いが私を強く支えてくれた。その出逢いを創ってくれたのは、高校のときからの友人の由佳ちゃんだった。高校卒業以来、まだ一度も会っていないのに、私に必要だろうと考えて、大切な友人を紹介してくれた。それが佳代さんだった。そして佳代さんが私の情報を聞いて、理恵さん、杜朋子さんを紹介してくれた。引っ越し後の秋田での生活を立ち上げるにあたり、この三人の存在が大きな鍵ともなった。私と尚くんにとっては、命の恩人と言っても過言でないのが由佳ちゃんの存在だ。

障がい児を育てているだけあって、同じような辛さを受け止めて生きてきているので、私の心境を最も理解してくれる人たちだった。自分の苦しさを吐き出したときにする反応がやはり違って、私の気持ちに寄り添ってくれた。みんな同じように苦しいときがあったのだと思うと、いつかこうやって笑えるときが来るのかもしれないと何となく安心できた。同じ言葉であっても、彼らがかけてくれる言葉はその裏に自分の経験による重みが加わっていて、不快に感じることもなかった。そして、励ましの言葉だけでなく、経験を踏まえた具体的なアドバイスもしてくれた。秋田に引っ越して、自分の母親の助けを受けることが難しくなってからは、そんな具体的なアドバイスが何よりも強い支えになった。近くに住んでいるわけでもなく、引っ越し前にたった一度会っただけということなどは全く関係なく、何より具体的なアドバイスをもらえ、力になってくれていた。私と同じようにある日突然、別世界に取り残されたような感覚を味わい、底から這い上がって生きている人がいる。まだまだ私は頑張れるのだと心の底からの深いつながりを感じさせてくれた。彼女たちがいなかったら、今の私は存在しない。人間、一人ではやっぱりだめだということを改めて実感した。今までも友人を大切にしてきたつもりだが、友人がいて良かったと心から思えたのも尚くんのおかげかもしれない。

そして、私の秋田での生活を精神面から支えてくれた素晴らしい医師との出会いもあった。それは姉のMと尚くんの二人を出産した池下レディース・チャイルドクリニックの院長である池下先生だった。まだ、尚くんの障がいを受け止められず、やむにやまれぬ状況でドタバタと引っ越しが決定したため、尚くんが退院してからも一度も挨拶することなく私は秋田へと来てしまっていた。それは、私の気持ちのどこかに、今の私の置かれている現状を誰かのせいにしたい、その誰かを恨んだり嫌ったりすることで、未だ受け止めることのできない重い障害をもつ尚くんと生きていこうという気持ちがあったからなのかもしれない。

生後半年が過ぎ、尚くんが重度脳性麻痺であること、障がいをもたない子どもとは明らかに違うと傍目からもちょっと見ただけで分かるぐらいになった。そして、産科医療補償制度の請求をできるということになって、私は初めて出産時の辛い経験を忘れようと目を背けて蓋をし、関わることを避けてきた尚くんを出産した産婦人科医院の院長先生に連絡をした。

恐る恐る電話をすると、院長はとても驚き、しばらくの間、言葉を失ったようで、電話の向こうに沈黙が続いた。そして長い沈黙ののちに、「そうですか。それは辛いですね。お母さんが一番辛いですよね。できることなら秋田に行く前に会いたかったです。東京にいるなら、いくらでも手助けできるのですが、さすがに秋田となると難しくてすみません。秋田から東京まで来るのは大変だろうから、時間をつくって秋田まで会いに行きますから、とにかく無理しないでください。困ったことがあったり、誰かに話をしたりしたくなったら、いつでも遠慮なく電話していいですよ。手術中以外は出られますから……」と言ってくれた。今まで幾度となく、「障がいがあっても、せっかく産まれてきた命なのだから大事にしなくちゃだめだよ」とか「お母さんがしっかりしないと」とか、さも分かったようでいて他人事の言葉やただの同情の言葉にむしろ傷つけられてきた私には、予想外の言葉だった。さらに、一番大切なのは私の心の整理だろうからと、自分の気持ちを追い込んでしまわないようにと秋田にいる先生の後輩の心療内科の医師まで紹介してくれて、困ったことがあったら相談できるようにもしてくれた。

その後、日々忙しいはずの先生が、何度か秋田まで本当に会いに来てくれた。産科医療補償制度の請求に際しても、私が当時のことを思い出して説明しなければならない部分を全て肩代わりしてくれた。尚くんを出産したときのことは、今でも思い出すと辛くなるので、その作業をしなくてすむようにしてくれたことは本当にありがたかった。そして、尚くんが肺炎で初めて入院してしまったときは、ちょうど秋田へ来ることを予定していたときで、わざわざ病室までお見舞いに来てくれたし、二度目の入院で人工呼吸器をつけるかどうかの判断を迫られて迷っていたときにも、あっちへこっちへと揺れ動く私の気持ちをいつまでも聴いて受け止めて私の支えになってくれた。携帯電話に電話をするとほとんどの場合にすぐ出て、私が気のすむまでいくらでも話を聴いてくれたし、出ることができないときも、手が空いたらすぐに折り返し電話をかけてくれる心のとても温かい先生だった。人工呼吸器をつけるかどうかという選択に迷い悩んでいたときには、尚くんの生命力を信じてつけないという選択をすることも悪いことではないと私たち親の考えにも共感してくれた。この池下院長への信頼の気持ちは、姉のMを出産したときと比べると格段に深くなっており、この先生との信頼関係は尚くんがつくって私に与えてくれたものだった。

○希望を与えてくれたもの

尚くんが生後六カ月の頃、今後どのように成長していくかは全くの未知数だった。先が見えてしまうことは、それはそれで寂しいけれど、先が見えないこともやはり辛いものだった。毎日のように一日の中でも気分の浮き沈みが激しく、時には思いつめてしまうこともある。そんな中で、私にちょっとした希望の光が射した出来事があった。

二〇一三年朝日新聞に掲載されたエグモント・ホイスコーレンの記事は、私にとって一番の希望の光だった。尚くんが生まれて、仕事も私自身の生き方も、そしてMの生き方までもが大きく変わることになり、何もかも諦めるしかないと思い込んでいた私に、諦める必要はないのかもしれないと思わせてくれるような衝撃的な内容だった。

それは、障がいのある人が学生の半数を占める学校についての記事だった。中には重度の脳性麻痺の人も通っているという学校。尚くんも一八歳になったときに学校に通える可能性があるのかもしれない。エグモント・ホイスコーレンに留学できるときが来るかもしれない。尚くんが一八歳になるまでにはまだかなりの時間があるから、日本にもエグモント・ホイスコーレンのような場所ができるかもしれない。それこそ、自分でそのような場所をつくっていくことも不可能ではないのではないか? そんな場所が、秋田県にできないのかと思い色々と調べてみると、何と、エグモント・ホイスコーレンと秋田につながりがあったことが分かった。かつて、秋田県鷹巣町は、デンマークをモデルにしたいろいろな取り組みを行っていたというのだ。「たかのす福祉塾──障害者編」として、エグモント・ホイスコーレンの校長の講演も行ったことがあるという。しかも、障がい者と健常者が共に学ぶフリースクールの開設を目指した動きもあったとか……。秋田県がそんな先進的な取り組みをしていたことを、恥ずかしながら私は全く知らなかった。でも、残念なことにその素晴らしい話は立ち消えとなっている。もし実現していたら、今の秋田県は福祉先進県として、全国から福祉関係者が訪れる県になっていたのかもしれないと思うと、本当に残念で仕方がない。秋田県は、もったいないことをしてしまったのではないかと思う。それでも、私はもしかしたらまた秋田でエグモント・ホイスコーレンのような学校を造ろうという話が出てくる可能性があるのではとの希望をもっている。秋田でなくても、日本のどこかにできることを願っている。

そして、そんな希望の光であるエグモント・ホイスコーレンの存在を知った少し後ぐらいに、色々と調べてみたら日本人の片岡豊という先生がいることが分かった。勇気を出して連絡してみると、ちょうど日本に修学旅行でやってくる予定があったことも、今から思えば運命の巡り合わせのようにも思える。家の中も私の気持ちもそして尚くんの痙攣発作や緊張による反り返りの状態も最悪だった時期ではあったが、夫がそのエグモント・ホイスコーレンの人たちに会いに行きたいという私の思いを理解してくれ、気持ちよく東京まで送り出してくれた。そしてそこでのエグモントへ留学して学んできた人々との出逢いやつながりは、その後も尚くんと私の生活を支え続けてくれたし、日本とは異なるデンマークの素晴らしい障がい者に対する制度の情報を教えてくれることがあり、私が尚くんと生きていく上で欠かせないものになっていた。

○産科医療補償制度と出生前診断

尚くんのように先天的に問題がなく、出産前後のトラブルにより重い障がいを負うことになってしまった子どもに対して、産科医が無過失であることを前提として無用な争いを避けるために産科医療補償制度が存在する。ちょうどこの制度が始まって五年が経過し、この制度について見直しをする議論がもち上がり、平成二十七年一月の分娩から補償対象となる基準や補償の掛け金などが変更になっている。保険として考えた場合には余剰金が非常に多く、いったいそれはどこに行くのか……など疑問に思う部分もあるが、私は制度の全てを知っているわけではないので、旧制度や現行制度の問題点などについては余り具体的に述べようとは思わない。

ただ、思ってもいなかったことで子どもが障がいを負い、子どもの介護のために働くことも難しくなってしまった場合に、自分も子どもも生涯まともに働くことができなくなってしまった状態を考えると、この制度において支払われる補償金が十分なものとは思えない。また、先天的に障がいを負っている場合には制度設計上この制度の対象とならないのは仕方ないことと思うが、事前に知ることができず思いもかけない重度の障がいを負う子どもを育てることになったという点では、尚くんの場合と育てていく上での大変さに変わりはなく、親に対して何らかの補償があってもよいのではないかと思う。

一方で、先天的な障がいを事前に知ることができた場合とできなかった場合とで補償に差を設けてしまうことになるとすると、それはそれで困った問題が生ずるようにも思う。それは、出生前診断の結果、胎児を中絶することにつながるのではないかという問題が出てきてしまうからだ。血液検査でできる新型出生前診断については、新聞やテレビなどでも報道され議論がなされているところであるが、私個人としては誰でも検査できるようにすべきではないかと思っている。いずれにしろ、検査が可能なのは二一トリソミー、一八トリソミー、一三トリソミーのみであり、この三つ以外の染色体異常は見つけられないのだから万能ではない。そして、これ以外の染色体異常も多数あり、いつ、誰がそのような染色体異常をもった子どもを産むことになるかは誰にも分からないし、後天的な障がいとなると、それこそ予想することもできない。

まず議論すべき大切なことは、出生前診断の是非ではなく、たとえどのような子どもが生まれたにしろ、親だけにその子どもを育てる責任を負わせるような社会にするのではなく、社会がそういう子どもを受け入れられる状態にしていくという点ではないだろうか。日本は、残念ながらまだまだ受け入れ態勢が十分とは思えない。受け入れ態勢以前の問題として、障がい者とその家族が一体どんな生活をしているのかという情報すらほとんど知られていないのだから。しかも、多くの産科医や小児科医も実態については知らない場合が多いのではないだろうか。そういった社会でのサポートが整っていない状態であることを議論から外し、単に出生前診断の是非について、生命倫理だとか命の選別だとか中絶につながるという議論をしても意味がないと思っている。

日本社会では、積極的に望んだわけではないにもかかわらず、障がい者と健常者とが切り離されているのだということを、私は尚くんを出産したことを通じて知ることができた。「障がい者を排除するのではなく、障がいをもっていても健常者と均等に当たり前に生活できるような社会こそがノーマルな社会である」という考え方があり、このような社会を実現するための取り組みをノーマライゼーション（normalization）と呼ぶのだが、残念ながら日本ではこのノーマライゼーションがほとんど進んでいない。

例えば、私は尚くんが生まれるまで、胃瘻という言葉は知っていたが、経口摂取できず鼻から栄養チューブを通して栄養摂取するような経鼻栄養を街中で実際に見たことはなかった。まして、私自身が自分の子どもに対して鼻から胃までチューブを入れるようなことになるとは想像すらしなかった。絶対数が少ないという要因もあるが、普通に生活しているなかで重度の脳性麻痺の人を見かけたこともなかった。尚くんを学校に入れようと考えるとき、もし特別支援学校と学区の普通の学校とが自由に選べるとしても、現状では迷うことなく特別支援学校を選択するだろう。なぜなら、私自身が尚くんを育てるまでほとんど知らなかったように、学校の先生も生徒もそしてその保護者である親たちも、尚くんのように重い障がいをもった人のことを全く知らない人がほとんどだからである。鼻から胃へ栄養チューブを入れた尚くんの食事の管理もできないだろうし、尚くんは一生オムツで生活するかもしれない。オムツをした子どもが学区の学校へ通うことなど学校側には全く想定もないだろう。学校の先生は、尚くんの成長につながる療育をすることもできないだろう。尚くんにとっては、健常の子どもたちと接することが良い刺激になる部分もあるし、他の健常の子どもたちにとっても学ぶ部分が多いだろうが、尚くんに必要な教育がされるかという視点で考えると、残念ながら、副学籍による交流があれば支援学校のほうが断然良いと言えるだろう。

まだ就学年齢のうちは良いが、いずれ尚くんのような子どもが成人したときには、どこでどんな楽しみを得ることができるのだろうかと考えるとどうしても暗い気持ちになってしまう。施設に入り同じく重度の障がい者との生活を共にすることになるか、施設にすら入ることができず親が介護し続けるのだろうか。できれば、尚くんのような子も色々な意味で社会に出ていけるようになっていることに期待したいが……。

デンマークやスウェーデンなどでは重度の障がい者が施設から出て、あるいは親元から離れて、地域で自立生活をする手段として、障がい者の「自立」を支援するパーソナルアシスタント制度というのがあると聞いている。原則として、障がい者本人による自己管理が必要というが、知的障がいや精神障がいなどで自己管理が難しい障がい者のケアについても考えられているようだ。もちろん、デンマークやその他北欧諸国の制度が万全というわけではないが、「尚くん」が、そして「尚くんを支える家族」がそれぞれ生きていて良かったと思える人生となるように、「尚くんですら」自立生活を送ることができるような福祉国家に日本がなることを願ってやまない。

○最底辺を守る

尚くんを育ててきて思うこと、それは、弱いものを守ることとの意味だった。今まで、世の中の弱者を守るというのは当然のことと、どこかで漠然と思ってきたけれど、重症心身障害児への福祉は、本当は自分たちの足を切り落とさないためのものでもあるのだということを、福祉について調べて知ることができた。私たちはもっと福祉について身近なものとして考える必要がある。尚くんは確かに社会の最底辺だ。世の中に対して、何も生み出さずほとんどリターンを返すことができない存在だ。けれど、だからと言ってその社会の最底辺の福祉を切り捨てるとどういうことになるか。その切り捨ての基準は次第に上へ上へと上がっていく。そしてそれが進んでいくといつか、自分や自分の大切な人が、心や体の病で仕事ができなくなったとき、切り捨てられる社会になってしまうのだということを深く理解する必要がある。そうならないためにも、底辺こそ守り抜かなければならないのだという思いを今は強くもっている。

そして、尚くんは何も生み出さないと言ったけれども、一方でその存在だけで教えてくれることもある。尚くんは、全身の力を使って呼吸するだけで多くのエネルギーを消費してしまう。それは生まれたときからずっと当たり前のようにしてきたことだった。それに対して、私たちはただ普通に意識することなく息ができる。自分で好きなものを選んで食べられること、自分の行きたい所へ自分の行きたいときに行けること、それだけのことがどれほど恵まれているか、いつも自分にとって当たり前だと思っていたことが、実はどんなに恵まれていることだったのかと気づかせてくれる。もし尚くんがこれらのことができたら、どれほど嬉しそうな顔をするか、想像することもできない。こんな尚くんの生活を知ることで、もしかして自殺予防になったりするんじゃないかな……なんて思ったりすることもあった。

尚くんにも少しでも楽しみを知って欲しいという思いから、音楽療法を始めたり、何とか食べられるようにと口腔リハビリテーションをしたりしている。これらは、少し訓練的な要素もあり、もしかしたら尚くんにとっては楽しいことばかりではないかもしれないけれど、いつかそれが良かったと思える日がくることを信じて、できることを少しずつ、無理のない範囲でやっている。肺炎で入院してしまったときのことを思うと、病院のベッドではなく家にいてこんなふうに過ごせる毎日が実はとても恵まれているものなのだと、尚くんは教えてくれている。

こんな尚くんとの当たり前の日々を守るために、必要なときは重症心身障害児を施設で受け入れ、介護者側も適宜休養を取ることが当たり前の世の中になって欲しいと思う。今後、どんなに日本の経済が悪化しようが人口が減少しようが、尚くんのような障がい者たちを切り捨ててしまうような福祉にならないことを切に願う。重症心身障害者というのは少数派だけに、常にそういった恐怖と隣り合わせに暮らしている。ノーマライゼーションなどと謳って、施設を減らし何の整備もせず、ただ障がい者に親元で暮らすようにするのではなく、福祉も医療もしっかり整備した上でのノーマライゼーションであって欲しい。

○障がい児を育てる親を支える仕組みとして必要なもの

私自身の実体験として、ＮＩＣＵやＧＣＵから退院した後の家庭生活での支援が余りにも足りないと感じた。ずっと病院に入院していて子育てのごく一部しかしていなかったというのに、退院すると急に何もかもが両親の手に委ねられることになるのだ。自分の子どもなのだから、親が世話をするのは当然だという考えは分かるのだが、病院で受けているケアとのギャップが大きすぎて、障がい児を育てることになったということで、精神的にも大きなストレスを抱え不安だらけの状態にある親にとっての負担がとても大きすぎる。いきなり親が全てを負担するのではなく、病院と家の中間に位置するようなサポートを受けられる仕組みが欲しいと強く思った。

また、何よりも欲しいのは、情報だった。今の時代だからある程度インターネットを介して情報を得ることができるが、同じような状態の人の話を直接聞きたい、少しでも先の見通しが知りたいというのが本音だった。しかし、個人情報保護のためなのか分からないが、病院や療育センターのソーシャルワーカー、そして地区担当の保健師に頼んでも結果的にそういった人の紹介を少なくとも私はしてもらえなかった。私の連絡先を相手に伝えてもらっても構わないので、ぜひ経験者として少しでも話を聞かせてくれるのであれば、連絡をもらうか連絡先を教えてもらえるようにできないかとお願いしても、紹介してもらえることはなかった。

結局、色々なつてを辿り、可能な手段を使って自分が動いて人から人へとつないで知り合うしかなかった。障がいの事実に直面し、障がい児の存在を受け止めなければならない最初の時点で、親が希望する場合には同じような障がい児やその障がい児を育てている親に出会い、直接話を聞くことができたらどれほど心が救われただろうか、と今振り返っても思う。私が障がい児の親になった立場から考えてみても、私と同じような厳しい運命に遭遇した人がいるのであれば、微力かもしれないができる限り力になりたいというのが正直な気持ちだ。だからこそ、なぜ、誰一人として紹介してもらえなかったのかが不思議でならず、障がいに直面していない人たちとの考え方と感じ方にギャップを感じざるを得ない。

また、本人が希望すればだが、病院から地域の担当する保健師へ連絡し、退院前に一度顔合わせをしておき、いつでも気軽に連絡ができる状態にしておくことは必要だと思う。NICU／GCUからの退院の際は都内にいたため、秋田ではどのように行われているか分からないが、尚くんが入院していた都内の病院では、入院中に地域の保健師と顔合わせする機会をつくってくれて、この保健師とのパイプは数少ない外とのつながりになった。また、低年齢の障がい児については、定期的に保健師が訪問するシステムがあってもよいように思う。もちろん、こちらから連絡すれば保健師に訪問してもらうことはできるのだが、そういった場合の訪問は何か理由やお願いごと、具体的に困ったことがないと連絡しにくいものだ。精神的に落ち込みすぎないように、誰でもいいから話し相手が必要な場合もある。そんな時に地域の保健師の助けを得ることができれば心強い。

また、私の場合にはたとえ医療ケアがなくても、訪問看護を入れてもらうことは必須だった。いろいろな支援を得られるまではもちろん、その後もわずかの時間でも安心して一人で外出することができる貴重な時間を与えてくれた。どういう理由だったのか結局よく分からなかったが（単に前例がなかっただけ？）、当初医療ケアのなかった尚くんに対しては、秋田ではすぐには指示書を書いてもらえずに、引っ越し直後で唯一得られる支援として期待していた訪問看護だっただけに、その落胆は大きかった。

また、これも利用を開始して初めて知ったことだが、秋田市では障がい者本人が一八歳以上に達していないと介護ヘルパーに家事や買い物を頼むことができない仕組みになっている。どうしてなのだろうか。一八歳未満についてお願いすることができるのは、障がい者本人の身の回りの世話くらいだった。しかし、わが家の場合、特に私が三人目の子どもを妊娠した際には、実際に一番支援をして欲しいと思っていたのは家事や買い物だった。妊娠後期に入り、冬期で外は雪が積もったりして滑るのが怖く、また、尚くんを誰かに頼んだ状態で長く家を空けることも心配で、買い物に行くのにはいつも不安が伴った。また、家事をするのも、日々尚くんの介護に疲れてあまり休むことができない体ではかなりきつかったし、二人目の胎盤剥離が起こるのではないかと精神的にも辛いこともあった。基本ルールは分かるのだが、ある程度その家の事情を考慮してもう少し柔軟に対応できるようになるとよいと思う。

しかも、もっと後になって知ったことだが、都内に住んでいる私の友人は、子どもが〇歳のときから介護ヘルパーに家事援助をしてもらっていた。一八歳未満の場合に家事や買い物を頼むことができないというのは、おそらく秋田市が決めたルールにすぎず、絶対に認められないというものではないのだ。色々な支援を求める際に忘れてはならないことは、「ダメ」と言われてそこで引き下がってはいけないということだ。法律上明確に定められていること以外であれば、なぜダメなのか、それならどうすればいいのか、他に手段はないのかと問い続ける必要がある。大変な日々であるけれど、簡単に締めて引き下がっていては何も前進しないのだということを、身をもって学んだ。

色々な福祉サービスを受けようとする際、いつも年齢の壁に直面した。手帳取得に関してもあった壁であるが、苦労して手帳を取得してもその先にまた新たな壁があるのだ。その上、手続きに時間がかかったり複雑だったりする。ぜひ、障害者福祉制度の行政の担当者には、実態を知るために苦境を訴える家族の家に足を運んでほしいと思う。わが家の場合、お願いする手続きに必要な書類一式を郵送してもらったり、必要に応じて家庭訪問してもらうことはできたが、案外せっかく来ていただいたときに限って尚くんが大人しく落ち着いていたりして、切羽詰まった状況が見えなかったように思う。可能ならば、一週間程度一緒に過ごしてもらえれば、この大変さをもっと理解してもらえるのではないかと思ったものだ。

また、そもそも役所に出向くこと自体が大変なのにもかかわらず、何かの手続きを申請する際、最初はたいてい戸籍謄本や住民票、所得証明などが必要になる。申請のための書類を取りに行くことすら大変で郵送をお願いしているのに、結局は提出書類を揃えるために役所へ行くことが必要になるという矛盾する状況があった。何か改善できないかといつも思っている。せめて、役所について様々な手続きをしている間、必要に応じて障がい児（者）を含めた子どもの面倒を見てもらうことができるようになればかなり助けになる。

○未来へ……

今思い返すと、尚くんが生まれてからの日々は、あらゆる意味で闘いの毎日だった。制度との闘いはもちろんだが、自分の心の在り方との闘いが一番辛かった。尚くんが生まれたとき、NICUにいたとき、NICUからGCUに移ったとき、母乳を飲めず異常を感じたとき、MRIを撮り脳の委縮が確実なものとなったとき、しかもその状態が医師の想定していたものよりかなり悪いのだと聞かされたとき、夫が秋田へ単身で行き私一人で子ども二人の世話をすることになったとき、実際に痙攣が出てきたとき、秋田への引っ越しを決意しなければならなかったとき、秋田に引っ越して以降の孤独な日々、尚くんの発作が次第に増え一日中泣き続け眠れなかった日々、尚くんが経管栄養となったとき、尚くんとの初めての母子入院のとき……。

私は、尚くんが生まれた後はもう一度会社に戻って、社内弁理士としての仕事を続けるつもりだった。かつて合格までに約三千時間を必要とすると言われた弁理士の資格を必死に勉強して取得したことは無駄だったのか、次につながるようにと会社でのポジションを契約審査のほうにシフトし、将来的に自分の気が向きさえすれば司法試験を目指すこともできると色々な夢を抱き、弁理士・弁護士として働くという道も決して不可能なことではなかった。弁理士としてこれから積みあげたいと思っていたキャリアを全て捨てなければならないかもしれないという事態に絶望した。何度も、私の人生で今までしてきたことは全て無駄になったと考え、一体何のために頑張ってきたのだろうと思った。私が思い描いていたように生きるためには、どうしても尚くんの存在が邪魔だった。尚くんをずっと施設に預け続けるなどして離れて生きていかなければ、私の思い描いていた生き方はできなくなった。

けれど、このような状態になった責任は尚くんにはないことは明らかだし、尚くんのせいにすることは懸命に生きている彼に対してとても失礼であり、余りにひどい仕打ちのように思えた。弟が生まれるのを楽しみにしていた姉のMに対しても、離れて暮らすことを強いることもできなかった。そして、自分が尚くんに対してひどい親であるということを認めながら、その一方で、一緒に生活していくなかで時々見られる尚くんの笑顔や純粋さが愛らしく、私自身もどうしても施設に入れて

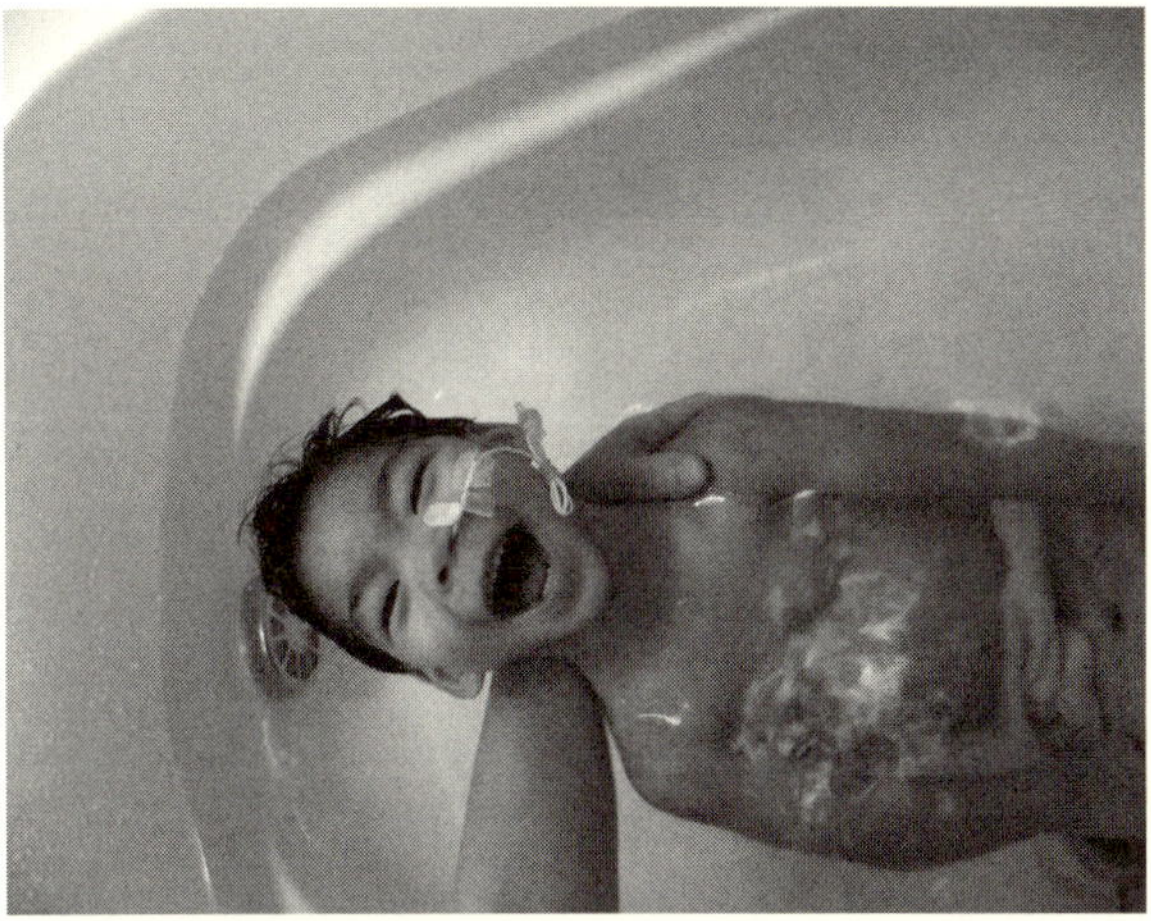

大好きなお風呂。緊張が緩むのかな？

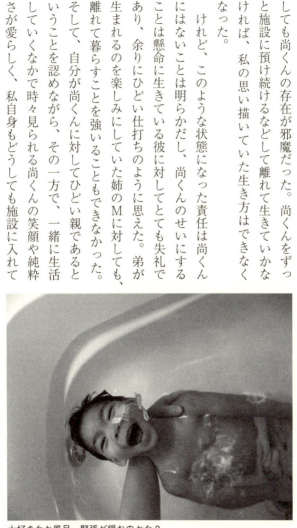

しまうことはできなかった。いつもいつも、尚くんがいなくなってしまえばいいという思いと、それと同じぐらいの強さで尚くんが可愛いという思いが共存していて、心が二つに引き裂かれてしまいそうな思いでいた。

絶望と葛藤の時間を過ごしながら、私は少しずつ一八〇度変えざるを得なくなってしまった自分の人生を受け止め、新たに仕切りなおして生きてきた。仕事を中心に組み立てていた自分の人生がもう以前のようには働くことはとても難しいことなのだという現実を受け止めることは、まるで社会とのつながりが途切れてしまうようでもあり、私にとっては考えていたよりもずっと辛いことだった。今までの私の人生って何だったの？　資格試験のために使った時間は何だったの？　という思いから離れることができず、こんなことになるなら資格なんていらなかったし、もっと自由に旅行に出かけたりしていれば良かったなどと、後悔ばかりに取り囲まれ、考えても仕方ないことばかりが頭を過ぎった。

実際に、尚くんが生まれたことによって離れていった友人もいるし、逆に今まで考えてもみなかったのに急に身近に感じられるようになった友人もいた。私自身は何も変わっていないつもりだけれど、相手の私を見る目が変わり、私の相手を見る目も変わったのだろう。こんなひっくり返った自分の人生を受け止めるのに、頑なだった私には普通以上に随分と長い時間が必要だったのだと、今、改めて思う。ただ、不思議なことに尚くんの死を願ったことが今では嘘のように思える。もちろん、今でも尚くんが普通に生まれていたら、秋田の色々なところへ気軽に出かけていただろうし、行きたいと思っていた海外の国々にも子どもたちを連れて出かけていたはずなのに……という思いは浮かぶ。尚くんを連れた旅行は決して不可能なわけではないが、出かけるためには準備が想像以上に大変で色々な事態を想定しておかなければならない。その準備が億劫で出かけなかったり、他にも色々と断念しなければならなかったりと、できないことを数え上げればきりがない。

それでも、今ではどうやって尚くんと共に家族みんなで生きていけばいいのかを考えることに私の頭は常に全力を注いでいる。尚くんが全てではなく、夫も、私も、姉のMも尚くんも、そして今回生まれた妹のNも全てが、それぞれの人生を捨てることなく生きていけるように、私は私に今できること、これからできることを探しながら過ごしていきたいと思っている。そして私はやっと人生において一番大切なことに気がつくことができたように思う。そうなのだ、私はとても傲慢なことに、自分の今の生活がさも永遠に続くかのような錯覚に囚われていて、人生が有限であること、自分自身が今の自分の人生を全力で生きていないということにすら気がついていなかったのだ。

「Live as if you were to die tomorrow. Learn as if you were to live forever.
明日、死ぬかのように生きろ。　永遠に生きるがごとく学べ。」

これは、インドのマハトマ・ガンジーの名言の一つである。かつて私は、この言葉のように生きることができたらどんなに素晴らしいかと思う一方で、この言葉を常に意識して生きることはとても難しく厳しいことだと思っていた。しかし今、重症心身障がいをもつ尚くんを育てるなかで、この言葉を意識する頻度が格段に増えたように思うのだ。尚くんのおかげで、少しこの名言に近づけたのかもしれない。自分の意思があること、思うように体を動かせること、努力をせずに呼吸ができること、そんな当たり前のことが本当はどれほど恵まれていることなのか、日々感謝しつつ、今日までの私たち家族を支えてくれた多くの友人、今後も支え続けてくれるであろう多くの友人に感謝しつつ、これから立ちはだかる壁を乗り越えていきたい。そして、私と同じような運命に遭遇した人たちの力になるような何かをしていける私になりたい。

人生は思い描いていたようにはいかないけれど、何度だって思い描きなおすことができる。尚くんが生まれたことによって、私は自身の人生の中で諦めなければならないことがたくさんあった。今も、多くのものを諦め、我慢しているのは変わらない。でも、その一方で、尚くんがいることで得ることができたものもたくさんあった。失ったもの、諦めたものにばかりに目を向けるのではなく、得ることができたものにより目を向けて生きていきたいと思っている。そして、たとえ障がい児がいるからといって、自分の人生を諦めることも、犠牲にする必要もない。日本でのノーマライゼーションの実現のためには、きっと障がい者側からの働きかけがまだまだ不足しているのではないだろうか。もっともっと外に出て行って、まずはその存在を、生活を知ってもらうことから始めよう。

「The future depends on what you do today.
今をどう生きるかで、未来が決まる。」
Mahatma Gandhi

秋田空港に作られたかまくら、尚くんもいるよ！

第七章　尚くんとの別れ

○突然訪れた尚くんとの別れ

二〇一四年十一月十日。突然、思いもかけず尚くんとの別れがやってきた。この先もずっと書き続けていこうと考えていた私と尚くんの日々が、終わってしまう日が来てしまった。そうなのだ。いつか本にしようと思っていくつかの出版社に掛け合ったりしながら、小学校入学を一つの区切りにするのが良いと納得して、ずっと書き続けていくはずだった私と尚くんの物語は、突然に、この先を続けることができなくなってしまったのだ。

この日、夫は朝五時半ぐらいには目が覚めており、六時に動き出し尚くんの胃残[4]を確認して朝の注入をスタートしている。そして、私も六時半には洗濯物を干し始めて、いつものように朝の準備を開始していた。夫が私に「今日は尚くん、呼吸も静かでよく寝ているね」と話しかけ、私も「そうだね。よく眠れてそうだね」などと会話を交わしながら、それぞれの準備をして過ごしていた。そして一通り朝の準備が済み、朝食の支度もできたので私は長女を起こして、また居間に戻ってきた。異変に気が付いたのは、テーブルに着席して朝ごはんを食べようと思ったまさにその時のことだった。

「何だか尚くんまだ寝ているね。今日は、なかなか起きないね」などと私が言ってふと尚くんの顔を見た。すると、何だか少し唇が青いよう思えた。変だなぁと思って急いで尚くんに駆け寄ると、呼吸が感じられなかった。「え？　尚くん、息してない？」と私が言ったので、夫も急いで駆け寄ってきて、尚くんを抱き起した。やはり息が感じられない。

私はとにかく急いで救急車を呼ぶために電話をかけた。電話の向こうの指示を聞きながら、私と夫とで人工呼吸と心臓マッサージを行った。しばらくすると、救急隊員が到着した。わが家にはほかにも二人子どもがいるので、どちらか一人が付き添うことになるが、今回は、私が急いで救急車に同乗して病院へ向かった。救急車に同乗する直前に、いつもお世話になってい る障がい児ママ友のSさんに救急車で運ばれることをメールした。夫には、まず長女が幼稚園を休むことを連絡してもらうように頼んだ。そして、後から長女と次女を連れて病院に来てもらうことにした。

救急車を呼んだ後パニックに陥り落ち着かない気分だった私は、いつの間にか友人の坂下さんに電話をかけて助けを求めており、坂下さんも病院まで駆けつけてくれた。「尚くん、お願いだから帰ってきて。もう一回目を開けて！」と何度も尚くんに声をかけ、そしてお願いした。

でもいくら救急救命措置を続けても、尚くんは帰ってきてはくれなかった。尚くんの人生で三回目の救急車、そして私の人生初の救急車への同乗は、尚くんとの別れのドライブとなった。

尚くんが、私を置いて一人で逝ってしまった。

これは現実ではなく何か悪い夢を見ているのではないかと思った。現実だと頭では本当は分かっていたが、どうしても信じたくなくて、その思いから夢なのか現実なのかが分からなくなり、またその直後にふとした瞬間にやはり夢なのではないかと思い……、夢と現実の間を何度も行ったり来たりしてよく分からなくなった。周りにいた夫や坂下さんに、「これって本当のことだよね？　夢じゃないよね？」などと確かめたりもした。そしてどんなに待っても目が覚めることはなく、これが本当に現実なのだと思い知らされた。

なぜかこういう時になると妙に冷静になる私。まず、今日も尚くんのヘルパーが入っていることが気になり、まずはヘルパーの事業所に事情を説明する。次に、療育センターでの診療が入っている日だったので、センターに電話して事情を説明する。そして、翌日は訪問看護の来る日であるため、訪問看護先にも連絡をする。さらに、自分の両親に連絡をし、障がい児ママ友のSさんにも連絡をする。また、長女、尚くん、次女と出産の際にお世話になってきた池下先生にも連絡をする。という感じで、着々と尚くんの急逝についての連絡をしている。何と冷静な対応だったことか。私の性格的なものなのかもしれないが、こういう時は何かしていないとパニックになってしまうと自分で分かっているため、落ち着くために目前のすべきことに意識を向けるように自分に課しているのだろう。でも、表面的な落ち着きとは別に、私の中では嵐が起こっていた。

しばらくすると、尚くんとの二年三カ月の出来事が次から次へと浮かんできた。尚くんのような重度の障がい児を育てていた方の話を聞いたり読んだりしたときに、その障がい児が小さいころに亡くなっているという事実を知って、かつて私は、もう介護からも解放されたのだからちょっと羨ましいなぁなどと思っていたことがあった。重度の障がい児との生活では、いつも将来のことが気にかかる。先のことを考えて思い悩み、次から次へと色々な準備をしなければならない毎日が自分が生きている限り永遠に続く。そんな障がいのある子が亡くなったら、もう先のことを考えなくてよくなるからどんなに楽だろうか、というとても安易な考えだった。そんなXデーが突然私にやってきた。

「重度の障がい児を育て続けている生活」と「早く亡くなってしまうこと」と、もしどちらかを選ぶことができるとしたら、果たしてどちらが良いだろうか？　それはまるで究極の選択のようだった。実際にどちらも体験することになった私にはどちらがいいと簡単に選べるようなものではなく、どちらもそれぞれ違った辛さがあるというのが、私の個人的な意見だ。そして、そんなことは運命だからそもそも選べるものではないからこそ、私たち人間ができることはただ毎日を精一杯生きること、明日がより良くなるようにと常に考え、今できることをしていくことだけなのだと、尚くんとの生活をしていくなかでいつも私が結局行きつくところに落ち着いた。

ただ、障がい児の介護は、親が生きている限りは基本的にはずっと続くものであり、子どもが生きている間ずっと、いつ何があるか分からないという不安に対する覚悟を心のどこかにもち続けなければならないという点で、子どもが生きている間の日々は辛いと言えるかもしれない。もし、「障がい児を育てたと言ったって、あなたはたったの二年三カ月でしょ！　私なんて〇年一緒に生きてきたのよ。私の気持ちなんて分かるわけがないわ」と言われてしまったら、正直なところ、私には返す言葉がない。それは事実であるけれど、私にはどうしようもない運命がもたらしたものだったからだ。そして、尚くんの命が尽きたことが分かったとき、「あ、これでもう終わりなんだ」と、ふと肩の荷が下りたような不思議な解放感があったのは事実で否定することはできない。でも、確かに、たったの二年三カ月だったけれど、それでも、私も尚くんも懸命に恥じることなく頑張って生きてきたのだという自負がある。急逝した日と次の日はただただ喪失感でいっぱいで泣いてばかりいて夜も眠ることすらできない状態だった。それぐらい、尚くんとの別れは辛かった。

お別れの会の準備をずっと続けていくなかで段々と心が落ち着いていき、目を開けることのない尚くんの姿を見ると、「ママ、もう僕のことはいいよ。自分の生きたいように生きていいんだよ。お姉ちゃんにも習い事をさせたり、もっと時間を使ったりしてあげて。Nちゃんにも絵本を読んであげて」などと言ってくれているように感じられてきたのだ。

過去を振り返ると、まるで昨年十二月に肺炎からDICを併発し、市立病院のICUから大学病院へと救急搬送されることになったときに一度尚くんの死を覚悟したことが、予行演習のようにも感じられた。尚くんが今この時に私が後悔することのないようにと、事前に準備する時間を与え続けてくれたのかもしれない。あの時からずっと、「今、この瞬間」を大切にすることを強く意識し、後悔することのないようにと私は尚くんと共に生きてきたつもりだ。

十一月十日、十一日と、私と夫は亡くなった尚くんのそばで二晩を過ごした。尚くんが生まれて以来初めて、本当に穏やかに気持ちよさそうに眠っていた。亡くなったのではなく、本当に眠っているかのようだった。「尚くん、やっと、楽になったんだね」と何度も声をかけ、声をかければかけるほど、私の気持ちも少しずつ慰められていくようだった。この間、尚くんに会いに来てくれた人々は、突然の訃報に驚きながらも、やはり眠っているかのような穏やかな尚くんの表情を見て、少し慰められ気持ちを整理することができているようだった。

そして、そんな尚くんの表情を見ながら、私は一つの決意を固めた。それは、尚くんを一緒に連れて、私たち家族が尚くんと一緒にどんな生活を送っているかについての話をしようと準備していた講演会を、やはり予定通り開催しようというものだった。尚くんが亡くなったことで、もう講演会はできないし止めようと思ったのだが、この時、決意を新たに一歩前に進もうと決めた。私と尚くんの生活をこのまま何もせずに終わらせることはできないという強い想いだけが私の中にあった。

○尚くんとのお別れ会

二〇一四年十一月十二日、家族とお世話になった方々に声をかけて、尚くんとのお別れの会を行った。当日は、午前中は晴れていたが、午後から曇ってきて、私が尚くんを抱いて会場に向かうために車に乗ったときには、ポツンと雨が降り始めた。車に乗って走り出すと大粒の雨が降り出し、雷が鳴り、激しい雨に変わった。尚くんとの別れの時を、空までが一緒に泣いてくれているようだった。まさに尚くんは嵐を呼ぶ男だった。

お別れの会の開始前に、尚くんはとうとう棺に納められた。そして、私、夫、姉のM、妹のN、私の両親、義父、八月にも私たち家族に会いに来てくれた三好さん、そして三好さんの妹のみゆきさん、子どもたちのまるでもう一人のおじいちゃんのような存在のヒロさんと共に、尚くんの棺に納めるものを納めた。尚くんには、いつもうつ伏せにする際に使っていた授乳クッション、Mが粘土で作った赤いハートときらきらしたビーズのプレゼント、保育参観の際にMが青い折り紙で折ったハート、NICU時代に使っていたトトロの前掛けと木でできたクマのガラガラ、友人の坂下さんのお子さんからいただいた大好きなアンパンマンの「がんばりました」のメダル、横に並べて一緒に写真を撮ったりしたくまもんのぬいぐるみ、口腔リハのときにいつも丁寧に歯を磨いてもらっていた歯ブラシ、主治医が処方してくれた薬、そして靴を持たせた。

お別れの会には、療育センターでお世話になった小児神経科の先生や母子入院でお世話になった病棟の看護師長、中通リハビリテーション病院の担当の先生たち、大学病院に入院したときにお世話になった先生、尚くんが口から食べることをいつも支え続けてくれた歯科の先生、ヘルパーさんたちなど、約四〇名もの方々がいらしてくれた。たった二年三カ月の人生だったけれど、尚くんとの毎日を支え、愛情をもって関わってくれていた人がどれほど多かったのかと尚くんの影響力を改めて感じ、とても嬉しかった。そこには、Nの出産直前に東京から日帰りで秋田に来て家事をしてくれた克子ちゃんの姿もあった。短い準備時間であったが、私と夫が尚くんに最後にしてあげられ

くまもんと並んでお昼寝。何だか似てます

るできる限りのことを考えて、尚くんと私たち家族の今までの生活を支えてきてくれた方々への感謝の気持ちを詰め込んだ。

そして、会の最後には尚くんを取り囲むように棺に参列者の方と共に花を納めた。約一時間の予定の会が、気がついたら一時間半ほどになっていた。参列者の献花の際には、私は尚くんの枕元にしゃがみ、すぐ横には姉のMが座っていた。気がつくとMの目からは大粒の涙が零れ落ちていた。まだ四歳のM。その幼い心に尚くんとの別れはどんなふうに映っているのだろうか、そしてどんなふうに記憶に残っていくのだろうか。優しく温かな思い出になるように見守っていこうと心に誓いながら、一人ひとりの参列者と会話を交わして花を添えてもらった。

このお別れの会は、友人の坂下さんが紹介してくれた冠婚葬祭を行ってくれる会社に協力をお願いしたのだが、予定時間を大幅に超えるものになってしまった。私の尚くんへの思いが強すぎて長時間になってしまったことは、忙しい身の参列者の方々には申し訳なかったと思っている。しかし、尚くんのために最後にしてあげられることを全てできたと思える素敵なお別れの会になったと満足している。重複する部分もあるが、お別れ会の中で私の思いを話した際の原稿をここに引用する。


今日は、尚くんのためにお集まりくださってありがとうございます。

先週の金曜日に長女Ｍの幼稚園の保育参観があり、私が一人で尚くんとＮちゃんを連れて幼稚園へ行きました。幼稚園へ行くと、Ｍと同じクラスの男の子たちが尚くんに興味をもって周りに集まってくれて、質問攻めでした。女の子たちも寄ってきたりして、尚くんは幼稚園にいた間、一度も反り返ることがなく、終始笑顔で過ごしていました。そんな姿を見て、リハビリや療育も必要だけれど、この時期しかできない心の成長のために、障がい児ばかりではない社会を経験させてあげたいと思い、医療的ケアがあったとしても、幼稚園や保育園へ通わせてあげる方法がないかと考え始めた矢先の出来事でした。

思い返せば、尚くんとの日々は、一言で言うと闘いの連続でした。

最初は、私自身の心との闘いでした。尚くんが重度の障がいを負うということが分かり、なぜこんなことになってしまったのかとばかり考え、将来の不安を思い、現実を受け止めるまでにとても時間がかかりました。母親として非常に情けないのですが、尚くんがいなければと思ったり、私も尚くんと共に死んでしまおうと思ったりしたこともあります。

そして同時に、尚くんとの生活を続けていくための闘いがありました。色々な決まりや制度の中で、どうやって尚くんらしく、私らしく生活していくかに試行錯誤の毎日でした。

二〇一三年の十二月に肺炎で入院し、その後状態が悪化した際は、もうだめかもしれないと一度は覚悟を決めたこともあります。その時から、いつ何があっても後悔しないようにと二つのことを心に決めて生きてきました。

一つ目は、尚くんが尚くんらしく生きること。そのために最大限の要求をすること。決して遠慮しないこと。

二つ目は、私が私らしく生きること、そのために我慢しすぎないこと。

そして、「いつか、そのうち」ではなく、「今、この時、この瞬間」を大切にしようと心がけてきました。この二つのことを今日までの間にどこまでできていたか分かりませんが、それでもできる限りのことをしてきたつもりです。

これから先、尚くんのためにしていこうと決めていたことの数々が頭に浮かび、この先の尚くんの成長も見ていきたかったというのが今の正直な気持ちです。きょうだい児を連れてできることになっていた十二月の母子入院、短大の学生ボランティアに毎日の生活の手助けに来てもらうこと、年明けには尚くんと一緒に重症心身障害児と家族の思いについての講演会、来年には寝転がったり叫んだりしながら、誰でも参加することができるバリアフリーコンサート、そして、幼稚園や保育園で健常児と混ざって生活できる場を準備すること。これらすべての私の行動の原動力は、いつも尚くんでした。これらはみんな、準備を整え絶対に行うと心に決めていたことでした。

尚くんが障がい児であったために、できなくなったことや諦めたこともたくさんありましたが、私に教えてくれたこと、与えてくれたことがそれ以上にありました。

尚くんは、障がい者の生活がどういうものか、どれだけ大変な思いをして生きているかを私に体験させ、身の回りにいる障がいをもつ方々への接し方を変えてくれました。彼がいなければ知ることができない、想像を絶する世界でした。ここにいる皆さんとの出会いも、尚くんが引き合わせ、私に与えてくれました。皆さんは、秋田で私たち家族が生活していく上で、なくてはならない存在でした。

尚くんが私のもとに産まれてきて簡単に言葉にはできないたくさんのことを教えてくれたこと、そして秋田での今日までの日々を色々な形で支えてくださった皆さんに感謝しています。二年三カ月という短い生涯でしたが、その短さからは考えられないほど多くの方に関わっていただきました。まるで親である私と同じように慈しんでくれる皆さんに囲まれ、とても密度の濃い人生でした。今ここに眠る姿を見ても、尚くんは愛され精一杯生きることができて本当に幸せだったと思っています。

何のために生きるのか、私の使命は何なのか、何に命を使うのか。

私の今の生活の中で、尚くんの存在感は圧倒的なものでした。何をするにおいても全てのことにおいて、まず尚くんにとってどうなのか、尚くんをどうするのかを考える必要がありました。そのため、尚くんがいたことで明確だったことが、今はどこから何を始めたらよいのか分からない状態になってしまいました。でも、尚くんが生きていたこと、生きていく中で教えてくれたことを大切にして、私にしかできないこと、私だからできることを考えて次の一歩を踏み出していきたいと思います。

最後になりますが、バリアフリーコンサートを実現したいと演奏を依頼しているピアニストの方（石塚まみさん）が、大好きだったアンパンマンのテーマ曲を尚くんのために、尚くんをイメージしてアレンジしてくださり、ピアノ演奏を届けてくれました。献花の際のBGMの一番目に流させていただきますので、尚くんのことを思いながらぜひ、聞いてください。また、私たち家族の日々の暮らしをもっと知っていただければと、できる限りの尚くんの写真を持参しています。本当にあちこちへ出かけ、温泉を楽しんでいたことが分かると思います。お時間のある方は、のちほどゆっくりと写真をご覧ください。

今日までありがとうございます。皆さん、本当にお世話になりました。

お別れの会が終わった後、尚くんの主治医だった澤石先生と少し話をする時間があった。忙しいだろうに、尚くんのために駆けつけてきてくれたことがありがたかった。会の中でいくつか生前の尚くんの映像を流したのだが、その中の一つ、ちょうど二歳の誕生日の日にモンブランを嬉しそうに食べている様子が非常に印象的だったとのこと。そして、バリアフリーコンサートなどを実現する際など、ぜひ協力したいとも言ってくださった。私も今回のことがあって生前の尚くんの映像を探していて改めて驚いたのだが、本当に良い表情をして嬉しそうに食

べていた。嚥下障害をもつ人への経口摂取についてはリスクもあって迷うことも多い。だが、私自身は尚くんに食べてもらうためにと努力してきたことが無駄ではなかったと思っているし、主治医の澤石先生にも感じるところがあったのかもしれない。

残念ながらお別れの会に来てくれた方々全員とゆっくり話をすることはできなかったが、それでも、何人かの方とは話をすることができた。本当に、多くの人が尚くんに関わってくれた。尚くんが生きた証が私の中にもあるように、この方たちの中にも残っているのだろうと思った。

○尚くんと生きるはずだった未来

十一月十三日、尚くんを荼毘に付した。小さい体に合わせた小さい柩のまま、一人、火葬炉へと入っていく尚くん。人間死ぬときは一人なのだと改めて実感するとともに、もう、尚くんを抱っこすることはないのだと、尚くんの重さを感じることができないことに、無性な寂しさを感じた。も

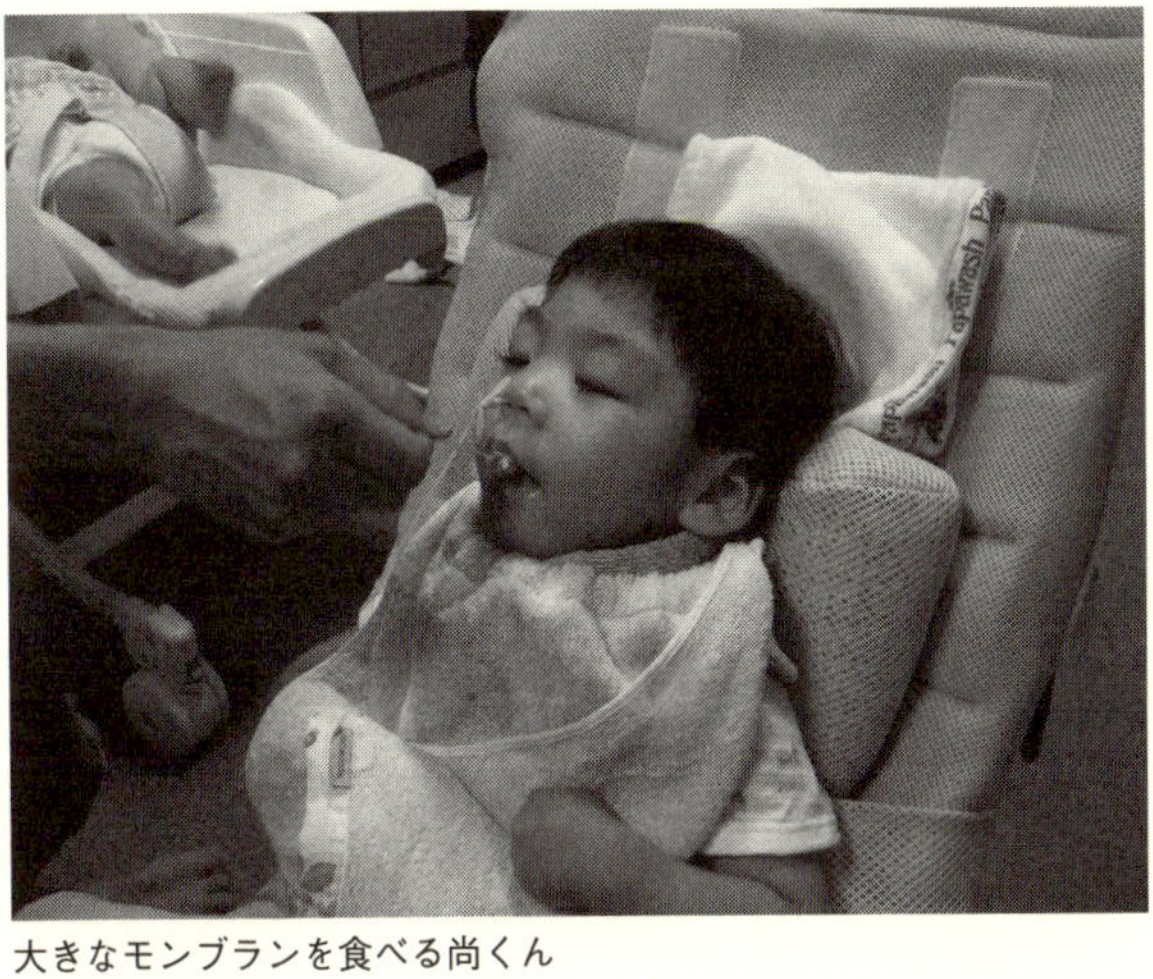

大きなモンブランを食べる尚くん

う、抱っこして下顎を持ち上げてあげる必要もなく、そのことで返ってくる微笑もないのだ……。

ただ、不思議と後悔の気持ちはなかった。私はできることを精一杯やってきたつもりだ。尚くんが精一杯生きてきたことも分かっている。後悔はないが、ただ、寂しい。この先尚くんの成長に応じて、この時になったらこういうことをやっていこうと決めて、少し先の未来やかなり先の未来に向けて準備していたことが、尚くんがいないためにできないことは残念で悔しいことだと思う。例えば、尚くんの状態がもう少し落ち着いたら、私の実家へ遊びに行ったり、秋田へ引っ越しする前に一度だけ行ったきりだったディズニーランドへ再び連れて行ったりすることができただろう。その時のことを考えて、友人のつてを辿ってもう使わなくなった座位保持装置を実家に準備していた。寝たきりの生活だった彼にとって座位保持装置は必須であり、これがないと介護する側も大変であるが、実家用に作ってもらえることはない。安いものではないので仕方ないのだけれど。こうして先へ先へと考えて準備していたこと、まだ私の頭の中に想定としてのみ準備していたことの数々が必要なくなってしまったことが空しかった。

秋田に引っ越してきてから、尚くんが秋田県の外へ出ることは一度もなかった。私には実家まで連れて行きたいという思いがあり、それを実現できなかったことは残念だ。言葉遊びのようであるが、色々な場合を想定して少しずつ準備をしていたので、実現できなかったことが残念ではあるけれど、実家へ連れて行けなかったことを後悔しているわけではない。現在までの尚くんの状態で、今の私の力と世の中の状況からは連れて行くために必要な準備、荷物、そして外からの手助けを検討すると気がかりな点が払拭しきれず、連れて行くことができなかったということなのだ。これがもし尚くんの状態がもう少し良ければ……とか、尚くんの状態は同じでも私がもっといろいろな準備を整えていれば……とか、準備が整っていないとしても世の中の状況（つまり周囲の人の理解）がもっと進んでいれば……というように状況が違っていたら、きっと私は尚くんを連れて実家まで出かけていたことだろうと思う。そういう意味では、尚くんを連れた外出のなかで実家まで帰省するという行動を起こそうとすると、世の中には私たち家族に対してのバリアが多すぎるのだ。悲しいけれど、まだまだバリアフリーには程遠い日本社会だというのが厳然たる事実として存在していた。

人生は一度きりで、「もし……だったら……」ということは実際には存在しないのだが、もし尚くんが生きていたら、この先もずっと尚くんと一緒に闘いの日々が続いたであろうし、その日々はやはり大変なものだっただろう。尚くんと何かをしたいと思うとき、そのために普通の何倍もの準備が必要になるのは、やむを得なかった。だから私は、いつも一週間後、一カ月後、三カ月後、半年後、一年後、五年後、十年後、二十年後、三十年後、五十年後の尚くんの状況をイメージして、遠い未来は漠然と、近い未来はより具体的に、どういった支援が必要か、そのために今から準備できるものはあるか、何があればより生活がしやすくなるかをいつも考えて生活していた。今後、夫とも相談して医療的ケアを増やさない方針を決めていたとはいえ、実際にその場面になって、尚くんの状態を見て家の状況も考えて追加していくケアもあったかもしれない。尚くんよりも年齢が上の障がいをもつ子どもを育てている人を見つけ、どうしていたかを尋ねて回っていた。頭の中には、今後の尚くんとの生活のイメージがぎゅうぎゅうに詰まっていた。

尚くんが亡くなったことでその全てが一度フッと消え去り、大きな空間ができてしまった。

○生まれてきてくれてありがとう

十一月十八日。夜中に目が冴えてしまった。尚くんが亡くなって以来こういうことが時々ある。約二年前、ちょうど秋田に引っ越してきたころ、私は「お母さん、ぼくが生まれてごめんなさい」というタイトルの本を読んでいたことがある。あの頃、私はこの本のタイトルだけでも見るのが辛い心境だった。まさに、尚くんが私に対して「ぼくが生まれてごめんなさい」と思っているに違いないと確信できるほど、私は尚くんの存在に苦しむ毎日を過ごしていたから。そして、子どもにそんなふうに思われることほど、母親として辛いことはなかったから。自分のお腹の中でその生きている存在を感じ、子どもへの想いを培ってきた一〇カ月もの期間を、子どもに「生まれてごめんなさい」と言われるために過ごしていた人など世の中には恐らくいないだろう。

二年前には、今この時に既に尚くんがこの世を去っているなどとはもちろん思いもしなかった。むしろ、ずっとこの先も共に生き続けるのだと思っていたからこそ、そして尚くんの介護をし続ける自分を想像していたからこそ、尚くんがいなければという考えが浮かんでは消え、浮かんでは消えしていたのだろう。でも、今の私は、あの頃の私には想像もできなかったような心境にある。今は、私は尚くんに「生まれてきてくれてありがとう」と心から言うことができる。彼は、私が全く知らなかった世界を私に教えてくれた。私が気づくことなく当たり前のようにもっていたものに、どれほどの価値があるのかを教えてくれた。何の苦労もなく呼吸ができること、言いたいと思ったことが自由に言えること、自分で考え自分の思う通りに行動できることは当たり前のことではなく、与えられたものだったのだ。そして、与えられた生を懸命に「生きる」というのがどういうものであるかも教えてくれた。たった二年三カ月の人生。二歳になる子どもが、親である私にこれほど多くのことを教えてくれるとは考えてもみなかった。そして、独りよがりの思いかもしれないが、尚くんは私に対して「お母さん、ぼくが生まれてごめんなさい」などとは思っていないと信じている。

思い返してみると、尚くんは自分の置かれている境遇を嘆くこともせず、誰かを傷つけたり恨み言を言ったりすることもなく、ただひたすら懸命に生きていた。緊張が強くて、自分の意志とは無関係に全身の筋肉に力が入り、〇歳にして背筋が浮かび上がり、腹筋が割れているほどの筋肉のつき方だった。自分に必要な酸素を確保するために、いつの間にか前胸部が深く凹み、一目見て漏斗胸と言われる状態になっていた。それでも、抱っこや姿勢を工夫することで、ほんの少し呼吸が楽になるだけでまるで「ありがとう」とでも言うように天使のような素晴らしい笑顔を返してくれた。温泉に連れて行ったときやヘルパーさんたちにお風呂に入れてもらったときの嬉しそうな顔もとても印象的で、自分に少し関わってくれることだけでもとても感謝して生きているかのようだった。与えられた人生を懸命に、ただ生きるということがどれほど素晴らしいことかを教えてくれた。

私と尚くんが目指していたもの、それは、尚くんが尚くんらしく生きていくこと、同時に私は私の人生を諦めず、少しでも私らしく生きていくことだった。どんな子どもが生まれたとしても、子どもの人生を大切にするというのはもちろんであるが、それだけでなく、その子どもの親が、自分の人生を諦めることなく、大切にして生きていけるという世の中になってほしいと思う。普段の生活の中では実際にあまり目にすることはないが、世の中には私と同じように重度の心身障害児を育てている人が他にもたくさんいる。しかも、私よりもずっと長い間介護している方がいる。本当に大変だろうと思うし、頭が下がる思いである。中には、自分の人生の全てを捧げて何もかもを諦めてそういう生活をしている方もいるかもしれない。でも、私はやはりそういう場合でも親も自分の人生を大切にしてほしいと思うし、大切にすることができない状況を放置している社会をおかしいとも感じている。

尚くんがいなくなったから終わりなのではない。これからが本当の始まりなのだと決意を新たに思う。私は、重症心身障害児の生活がどんなものであるのかというのを知ってしまった。

知ってしまったからには、彼が私に遺していったものを私は放置することはできない。尚くんが生きた証が確かに私の中にある。この証を世の中に、日本社会に還元していきたいと、これが私の使命なのかもしれないと思う。

○尚くんが生きた証を社会に還元する

十一月二十三日、NPO法人あきた結いネットの公開研修「見えない障がいを知る〜秋田県が抱える課題〜」に参加した。そこで、聴覚障害者の話を聞く機会をもらった。本当は、尚くんも一緒に家族五人で参加するはずだった研修。そのために受け入れ側にも準備してもらっていた。この場にいない寂しさが募る。

次回は私が私と尚くんとの生活についての話をする番ということで、講演会の終わりに簡単に挨拶をした。もう大丈夫だろうと挨拶をする前は思っていたのだが、簡単に挨拶をしようとしただけで涙があふれ出てきた。彼のことを話すのは、思い出があまりに鮮明すぎてやはりまだまだ辛い。一度はもう少し先に延ばそうとも考えた、尚くんとの生活について知ってもらうための重症心身障害児の思いについての講演会だった。でも、今だからこそ臨場感をもって話をすることができる部分もあるはずだから、決して負けない。ちゃんと話をしてみせると心に誓った。この日の夜、涙ばかりの湿っぽい話ではなく、尚くんと私の日々を理解してもらうためにどのように話をすればいいのかを考え続けた。また眠れなくなってしまった。尚くん。その存在がいなくなっても、まだまだ私はゆっくり眠れる生活にはならないのですね。

○尚くんとの二年三カ月を振り返る

十二月二日。本の出版のことで以前に相談した編集者から出版についての返事がきた。ここにそのまま引用することが適切なのかどうかが分からないけれど、敢えてここに記すとそこにはこんな風に書かれていた。

今非常にお辛いところにこのようなお願いをするのは非人間的に過ぎますが、障がいのあるお子さんに予期せぬ形で出逢い、「子どもの死がわたしにとって一つの救いになるのではないかという思いを心の奥深くに抱えて生きていました」と原稿の冒頭に書かれた佐々さんが、今度は突然思いもかけずに尚武くんの死に直面して、どのように受け止めておられるのか／受け止めきれないでおられるのか、誕生から二年三カ月の歳月以上の様々な思いがあったかと存じます。

そのあたりのことが、今現在の原稿の中でどの程度書かれているのか分かりませんが、もしかしたら読者にとってはそこが一番響くところなのではないかと思います。

できればもう少し落ち着かれて、尚武くんがいない生活に慣れてこられた頃に、今までの生活がご家族にとって何だったのか、障がいのある子と共に暮らすということ、障がいのある子と共に成長すること、他の二人のお子さんの成長などと合わせて、いろいろ思い起こして整理していただければと思います。

この返事を読んでいたら、この二年三カ月間の色々な出来事が次から次へと浮かんできて、涙が止まらなくなってしまった。そう、私は過去に、尚くんなんていなければ良かったと思っていたことがあった。実際に尚くんが亡くなった今、尚くんがいないことがこんなに寂しく辛いと思うだなんて、想像したこともなかった。気持ちはその時々で変わり、「今、この瞬間」の気持ちは消えていってしまうから、忘れても思い出せるようにと綴ってきた日々の記録。私のその時の感情のままに綴ってきたものだから、読み返していくと涙が溢れて止まらない。でも、何度読んでも尚くんの存在を否定していた自分がいたことは思い出せるが、「いなければ良かった」と思ったときの気持ちになることはもうできなかった。辛かったことは数限りないけれど、そしてきっともし尚くんが生きていたならば、今も大変でこれからも辛いことが数限りないのだろうけれど、それでも、もう一度あの笑顔の尚くんに会いたいと思ってしまう。思い出されるのは、とにかく何もかもが辛かったなぁという私自身の気持ちと、尚くんの笑顔ばかりだった。こんなことを考えていたら、夜中に目が冴えて眠れなくなってしまった。

○尚くんとの想い出を書きとめる

十二月十日。尚くんが亡くなってから、一カ月が経った。あっという間だった。尚くんがこの世を去ったことがつい最近のようでありながら、同時に遠い遠い過去のようにさえも思える。

この一カ月をどう過ごしてきたかというと、尚くんと共に生活してきて不自由だったことを忘れないように、どうするのがいいのかとずっと考えて過ごしてきた。もっとこうだったら良かったのにと、日々生活するうえで感じていた山のようにあるたくさんの課題をとにかくメモして、書いて、パソコンに打ち込んで残すようにと心掛けてきた。人はいい意味でも悪い意味でも忘れるようにできているから、尚くんと過ごすことができた貴重な時間が時間の経過と共に風化していかないように、風化しても大丈夫なように。そして、今抱えているこのたくさんの思いを年明けから少しずつ形にできるようにと、できることから一つずつ動き出す準備をしていた。

明日何が起こるかは誰にも分からないことだから、いつも想像したような未来が来るとは限らない。だから時間を無駄にしないこと。今できることは今やること。自分が持っていないものではなく、今自分が手にしているもの、ここにあるものに目を向けること

これが、尚くんが私に身をもって教訓として教えて遺してくれた一番の贈り物だった。だから、泣き明かして毎日を過ごすことなどできなかった。

年明けには、私と尚くんの生活を広く知ってもらうための講演会も検討している。また、二年三カ月の時を振り返り、本にできるようにと今まさにここに書き続けていることもその一つ。本にしたい、もっと書きたい、書き足したいと思いながらこの文章を打ち込んでいる。どうしたら私のこの思いを上手く伝えることができるだろうかと考えて文章を作っているのだが、考えていると色々な思いが巡ってきて、涙が溢れ書けなくなり手を止める……というのをこの一カ月の間に何度繰り返したことか。時々過去を振り返って読み直したりして、思いっきり自分の生の感情をぶつけた記載に恥ずかしくなったりもしながら、そういう部分こそ重要なのだと自分にむち打ち、そこには手を加えることのないようにしている。あの時、まさに課題に直面している瞬間だから書くことができたけれど、とても今では書けないような内容も実際にあったりする。

そして、ずっと記載してきて五冊目に突入していた私の育児日記、本の原稿、写真などを見返しながら、尚くん年表なるものを作成した。いつ何があったか、どこへ出かけたのかなど、可能な限り記載してみたりした。日帰り温泉なんて余りにちょこちょこと出かけすぎていて、とても全部は思い出せなくて書き起こすことができないぐらいだった。そう、尚くんのような重い障がい児がいても、それぐらい、私と夫は頑張って尚くんを連れて色々と出かけるようにと心掛けていた。まあ結果的には頑張っていたということになるが、実際のところは一歳になる前の尚くんは号泣する時間がとても多くて、家に缶詰め状態でいて、泣いている姿を見ながら堪え忍んでいること自体がとても苦痛で、どこにいてもどうせ号泣していて精神的に辛いのは同じなのだから、それならいっそのこと思い切って出かけてしまおうということからスタートした日帰り温泉旅行だった。

しかし、何でもまずは思い切ってチャレンジしてみるものだ。家にいるときよりもわずかながら尚くんの号泣や反り返りは少ないし、外に出るということだけで気分もかなり紛れるので、気がついたらいつの間にかそんな小旅行がとても楽しみになっていた。そしてもちろん、尚くんが成長し、大きく重たくなってしまうと一緒に出かけること自体が難しくなるということが常に頭のどこかに引っかかっていて、今しかできない尚くんとの大切な時間だと分かっていたからこそ踏み出せた一歩なのかもしれない。いつまで一緒に温泉旅行に行けるだろうかと思いながら、何かに背中を押されるように出かけていたときのことがとても懐かしかった。そして、尚くんが、私の考えていた期待というか覚悟を裏切って、想像以

最後に出かけた日帰り旅行。藤倉水源地で

上に早くこの世を去ってしまった今となっては、私と家族をつなぐ貴重な思い出にもなっている。

○尚くんの人と人をつなげる力

十二月二十四日。尚くんの人と人をつなげる力は、亡くなった後になっても健在だった。年明けの二月十四日に、私は重症心身障害児について知ってもらう機会として、尚くんとの生活について話をする講演会を開催することになっていた。その講演会の際に、パネルディスカッションも併せて行うことになり、尚くんの主治医であった澤石先生、市の相談支援専門員であるS氏が快くパネリストに加わってくれただけでなく、尚くんの訪問看護に入っていた訪問看護ステーションの所長さんまでもが加わってくれることになった。私には、まるで天国にいる尚くんからのクリスマスプレゼントのようにも思えた。

あの尚くんが亡くなった日の朝、尚くん逝去の連絡を伝えると多くの人が言葉を失った、絶句した、何と言葉をかけたらよいか分からず、言葉が出てこなかったという話だった。小さい子どもが亡くなるという出来事が周囲に与えた衝撃は、常日頃から覚悟を迫られていた母親である私よりも、むしろ周囲のほうが大きいようにも感じられた。

○重症心身障害児者を守る会秋田

二〇一五年一月二十四日。二月十四日に尚くんのことについて講演会を行うという告知の記事が『秋田魁新報』に掲載された。

このことがきっかけとなり、引っ越してきた当初、藁にもすがる思いで連絡を取った先の一つ、重症心身障害児者を守る会秋田の代表から問い合わせがあり、私と話をしたいという連絡が届いた。早速代表のO氏に電話をした。これもまた、尚くんが再びつないでくれた縁だった。

重症心身障害児者を守る会秋田については、以前問い合わせした際にも聞いた話だが、新規会員の入会があまりないとのことだった。そしてまさしく私も、新規に入会しなかった一人でもあった。原因としては、情報がある程度インターネットなどで得られるようになったこと、介護の負担が余りに大きいため、入会することによって得られるメリットとデメリットを比較すると、会の運営の仕事などが負担となるなど、メリットのほうが低いと判断していることなどが考えられる。会の在り方、存在意義についても考えなくてはならない。もしかしたらここにも、私の存在意義があるかもしれないと改めて感じた。

○重症心身障害児の尚くんと歩んできた道に関する講演会

二月十四日。この日は、尚くんが亡くなって以来、いや、もともとは尚くんを連れて一緒に講演会を行う予定で準備していたから、亡くなる前からずっと準備していた講演会の当日だった。尚くんが亡くなったことで、一度は開催を延期することも考えた講演会だった。でも、尚くんの死を無駄にしないために、尚くんが生きた証を残すことを考えるとやはり簡単には延期することができず、敢えて、亡くなって間もない時期であっても開催を決意した講演会だった。そして、当初予定していた規模よりも大きく、百名規模での講演会とパネルディスカッションとなった。

講演会に向けて準備してきた三カ月の期間は、過去を振り返る辛い時間であると共に、私にとっては尚くんがいなくなった現実の寂しさから気を紛らわせることができる癒しの時間でもあった。涙を流しながらひたすらパソコンに向かって講演会の資料を作り続ける日々。尚くんがいなくなり、介護にかけていた膨大な時間を、講演会の内容を考えることでもて余すことなく過ごすことができた。できる限り色々なことを伝えたいと何度も、何度も見返した。障がい者と接する機会の全くなかった人が初めて聞く場合に、内容を理解できるだろうか、私と尚くんが歩んできた道のりをある程度察することができるだろうかと考えながら、どの場面でどのように話をしようかと考える毎日だった。講演会の当日までに、少なくとも四回程度、パワーポイントで作成した資料に基づいて話をしながら、一人リハーサルまでして臨んだ講演会だった。そして、講演会とパネルディスカッションを実現するため、生前の尚くんを知らない人々が実行委員として協力してくれた。またパネルディスカッションのコーディネーターに病児を

講演会で話をする筆者

講演会場に展示した尚くんの写真の数々

育てているHさんが加わってくれた。尚くんは亡くなった後になっても、講演会を行うと決めたことで、私にさらなる出会いの機会を与え続けてくれていた。

講演会当日、私と尚くんが歩んできた道のりを全て話し切ることができたかというと、実際にはそうではなかった。当たり前である。四五分の時間の中で、尚くんとの二年三カ月の全てを語り切ることなどは不可能だ。今日のこの日に辿り着くまでの苦痛や困難、そして乗り越えてきた色々な重みは、そんな簡単に語れるものでも、伝えられるものでもない。それでも、重症心身障害児の置かれている現実、そして生まれてきた子どもに「おかあさん、ぼくが生まれてごめんなさい」と言わせる世の中であってはならないのだという私の思いに共感してもらえたのではないかと思っている。

そして、この日が私にとっての新たなスタートの日になった。尚くんが生まれてからが私にとっては第二の人生の始まりだった。そして、今度は第三の人生が始まった。それは、障がい者と健常者が当たり前に共生できる社会を目指していく、ノーマライゼーション／インクルージョンへの道だ。

かつて、重症心身障害児は治癒の見込みがないからと医療の対象にもならず、就学免除という名

パネルディスカッション

のもとに学ぶ機会も与えられず、社会の役に立たないからと切り捨てられてきた時代があった。そしてそんな日本で、重症心身障害児への取り組みを始めた三人の先駆者、小林提樹氏、糸賀一雄氏、草野熊吉氏と、重症心身障害児を養育する家族の必死の努力のおかげで、現在の日本の重症心身障害児療育がある。その過去の時代に比べれば、私と尚くんが過ごした時代はよほど恵まれているのかもしれない。しかし、それでもまだ、やはり重症心身障害児への取り組みは不足していると私は感じてきた。情報も不足していた。自分の子どもであるにもかかわらず、尚くんが死ぬことを願った過去の自分の中にあったあの気持ちを消すことはできない。もし、今また同じように自分に重症心身障害児の子どもが生まれ、あの精神的にも肉体的にも辛かった一歳半になるぐらいまでの日々を送るのだとしたら、同じような心境になることは否めない。辛い、死にたい、逃げたいと感じて、子どもが死んでしまったら救いになるかもしれないとやはり考えるだろうし、状況によっては子どもと共に死ぬ道を選択してしまうかもしれない。

私はもう一度同じ経験はしたくないし、私の子どもたちにも他の人々にもあの孤独と絶望感は経験させたくない。人は自分が実際に経験したことしか理解できないだろうし、いくら私が声高に支援を主張しても、経験しない以上分からないのだと思う。でもそれでも、ありったけの想像力を使って考えてもらえるようにと、尚くんの介護にフル回転で使っていた頭を、今後、自分が何をしていくか、どう進めていくかを考えることにいつの間にかシフトさせていた。

○映画『うまれる』

二〇一五年三月一日、映画『うまれる』の上映会があった。映画の内容は、単純に感動するというようなものではなかった。私には決して忘れることができない尚くんのことがあったから……。特に、「お母さんを選んで生まれてきた」ということに私は強い違和感を覚えてしまう。果たして、尚くんは重症心身障害児としての生を望んで生まれてきたのだろうか……と。障がい児の子育て、特に、難治性てんかんの発作を頻発し、筋緊張も強い子どもを育てていくということは、少なくとも私にとってはこれまで出会った壁の中で最も難しい課題であり、亡くなった今となっても自分の子どもにもそのような人生を選んで生まれてきて欲しいと私は絶対に思わない。相手との関係にもよるのかもしれないが、私にとっては、「あなただから選んで生まれてきた」という言葉は全く励ましにはならず、言われても嬉しくはなかった。期待していた子育てとの大きなギャップにも苦しみ、綺麗ごとではない大変さ、辛さがあった。どこかでボタンを掛け違えていたら、子どもと共に死んでいただろう瞬間が何度も何度もあった。

肯定的な思いと否定的な思いが同時に交錯して、映画を観ながら涙が流れる場面もあったが、心中はかなり複雑だった。胎内記憶で有名な池川先生のトークショーもあり、本当は質問をしようとも思ったのだけれど、私がする質問は多くの人が感動しているところに水を差す形になるかもしれないと思えて質問は控えてしまった。

○実家への帰省、懐かしい友人、忘れていた本との再会

三月二十日〜四月五日、尚くんが生まれ、秋田へ引っ越しして以来初の帰省目的の帰省をした。尚くんの発作や反り返りの状態が落ち着いて家族全員揃って出かけられるときまで、私の実家への帰省はしないつもりだった。都内へ足を運んでも、いつも日帰りであるか、実家へ泊まるとしても何かの目的の足場として立ち寄ったに過ぎず、一泊か二泊すると秋田へ戻るのが常だった。尚くんがこの世を去り、こんなふうにゆっくりと実家に帰省する日が来るなどと想像したこともなかった。

尚くんの発作がある程度落ち着いたら、家族みんなで尚くんを連れて帰省するということを想定して、私は友人を通じて座位保持装置を譲ってもらっていた。何年先になるかは分からなかったけれど、尚くんは座位保持装置がなければ安定して座ることができない。しかし、福祉制度で補助を受けて実家用にもう一つ作ることはできないため、先を見越して準備していたのだった。その座位保持装置も尚くんが亡くなった今となっては不要であり、一度も使うこともなく別の施設へと譲っていた。座位保持装置を置いていた実家の空間がぽっかりと空いているような気がして何となく寂しかった。

三月二十六日は、高校時代からの友人の由佳ちゃん、遠方から適切な助言をしていつも私を支え続けてくれた佳代さんに会った。由佳ちゃんに会うのは一体何年ぶりだろうか。由佳ちゃ

んが佳代さんにつないでくれて、佳代さんがいつもいつも私のFacebook上でのつぶやきに応えてくれたから、私は引っ越したばかりの孤独な秋田での日々を乗り越えることができた。孤独な日々の中で、インターネットだけが私の唯一の支えだった。この二人がいなかったら、私は尚くんとの生活を続けることができていなかっただろう。恐らく、いわゆる最悪の事態になっていた。だからこそ私にとって二人はまさに命の恩人だった。

そして三月二十八日もまた、久しぶりに懐かしい仲間、一〇〇冊倶楽部のメンバーとの再会だった。私の帰省の予定に合わせて開催してもらったためなのか、今回は五名と少数精鋭（？）だったけれど、それぞれのお薦めの本を持ち寄って自己紹介と共にスタートするいつものオフ会。長女が生まれる前から出会い、いつも楽しい時間を共有する仲間たちなのだが、あの頃に戻ったような感覚だった。有志を募って球磨養護学校を訪問したときのメンバーもいて、当時のことが懐かしかった。私は運命論者ではないのだが、尚くんが生まれた後から振り返ると、仕組まれていた運命のように思えてしまうこともある。

さらに三月二十九日は、エグモント・ホイスコーレンの卒業生たちとの交流会に参加した。孤独な日々をどうにかしたくて、エグモント・ホイスコーレンのことをもっと知りたくて駆けつけたのが二年前の三月。あれから約二年が過ぎたこの時点で、この世にもう尚くんがいないなどは想像すらしたことがなかった。尚くんがいなくなって、尚くんが私に教えてくれたもの、私の知らなかった世界、その世界でもがいたことで広がった人々とのつながりばかりが目につくようになった。私が尚くんに母親としてしてあげられたことよりも、尚くんが私に遺してくれたもののほうがはるかに多くて、時々情けなく感じることすらある。そして、自分が希望するままに自由に行動できるということが、こんなにもありがたいものであることを実感するとともに、尚くんのいない寂しさが強く襲ってきた。

今回の帰省の中で、久しぶりに実家に置きっぱなしにしていた本の整理をした。その時にふと目に留まった二冊の本があり、秋田へ持ち帰ってきた。その本は、乙武洋匡氏の『五体不満足』とクリストファー・ド・ヴィング氏の『力なき者の力』という本だった。このうち、『五体不満足』を読んだことは覚えていたが、『力なき者の力』という本が家にあることも、以前に読んでいたことも私はすっかり忘れ去っていた。秋田に戻り、再び『力なき者の力』を読み始めた。そして、思いもかけない内容に驚いた。それは著者の兄であるオリバーについての話だった。

オリバーは不幸な出来事のために、重度の障がいを背負って生まれ、目が見えず、口もきけず、体の自由がきかず、一人では何もできない存在だった。彼は著者がかつて目にした中で、誰よりも弱く、誰よりも頼りなかったが、同時に誰よりも強かったというのだ。それはまさに、私にとっての尚くんという存在だった。私が尚くんに出会い、そして尚くんが亡くなってから多くの人に知ってもらいたいと思い行動を起こそうとしていること、一言では説明できない尚くんとの出会いの中で得たこと、それはまさに『力なき者の力』によるものだった。

以前この本を読んだときの記憶が蘇ってきた。当時はまだ、私には本の内容があまりしっくりこなかったのだ。感覚として理解できない部分も多く、上っ面をなめていたような感じだった。でも今、この本の内容が手に取るように理解できた。実感を、実体験をもって理解することができた。

私は今、毎日のように尚くんの人生は何だったのか、どんな意味があったのか、生きるということはどういうことなのか、ということを自分に問い続けている。そして、いくら問い続けても、今の私にはその答えは分からない。ただ私に分かっているのは、自分にできること、自分だけにしかできないことがあるだろうということ。それがどんなことか既に具体的にイメージできていることもあるし、これから具体的に創り上げていくものもある。私は、四〇年近い自分の人生の中で、これほどはっきり自分ですべきことを思ったことはなかった。そしてこの先に、もしかしたらその問いの答えがあるように感じている。

注

4　経管栄養なので、次の注入の開始前に胃の中に前回の注入の残留物がないか、空気が大量に入っていないかなどを確認するもの。あまり胃の残留物が多い場合は、注入時間をもう少し空けたりする。

第八章　力なき者の力

○「NAOのたまご（障がい者・障がい者家族8つなぐネットワーク）」の設立

二月に開催した講演会が終了して以降、任意団体の設立をずっと準備していた。何よりも悩んだのは任意団体の名称だった。この先ずっと使っていくことになる名称。私と尚くんとの生活、そして尚くんの介護にかけていた時間、これからもかけていくはずだった時間を使っていくためのもの。私と尚くんが叶えることができなかった多くのことを、尚くんのように懸命に生きる子どもたちと共に実現していきたい。想いが溢れすぎて、団体の設立が決まっていながら、なかなか名称を決めることができない優柔不断な私だった。

結局、団体名は「NAOのたまご（障がい者・障がい者家族8つなぐネットワーク）[5]」とした。尚くんの名前から「なお」という音をもちつつ、NAOには、Network to Advance Open Society for Children with Disabilities という意味をもたせている。なぜたまごかというと、これからこの任意団体として多くのものを生み出していこうという決意を込めたもので、何が生まれるかはこれからの私たちの頑張り次第で変わっていくと考えたからだ。

そして二〇一五年四月十八日。ＮＡＯのたまごという任意団体をスタートして一回目の交流サロンを開催した。交流サロンとは言っても、まずは会員に加わると言ってくれている数人と顔を合わせて、私がやっていきたいと考えていることを話し、今後の会の進め方を相談する打ち合わせのような形の交流サロンだった。何しろ、まだ生まれたてのたまごにすぎない会だったから。この日、ＮＡＯのたまごの交流サロンは、たまごから連想される可愛いイメージで「交流サロン：ころころ」と呼ぶことが決まった。

○大変さを比べるより、大変と感じている人に手を差し伸べる

五月五日、季節が夏に近づきだいぶ暖かく、むしろ暑い日もあるぐらいになってきたので、布団を少し入れ替えた。こうやって季節の変わり目に服や寝具の入れ替えをすると、体温調節が苦手で暑がりだった尚くんのために用意した物の数々が出てくる。今回は、尚くんのためにと接触冷感のある布団の上に敷くためのマットがいくつも出てきた。中には、本当は掛け布団なのだが、尚くんのサイズに合わせてミシンがないので手縫いして敷くマットにした物があった。これは、私の母がおもちゃなどを一切買っていない尚くんのためにせめてと、かなり奮発して買ってくれたものだった。もう、これらは必要ないのだと思うと、無性に寂しくなった。

尚くんが亡くなって最初の端午の節句だった。尚くんが生まれてからは日々の生活で精一杯

で、まともに端午の節句のお祝いをしたこともなかったし、もちろん亡くなった今となっては、お祝いすることもできなかった。

そして、こういった節目のときには、なぜか、「あの時、もしもっと早く病院に行っていたら」、「あれが深夜ではなく昼間だったら」。もし、もし、もし……と考えても仕方のないたくさんのもしもの瞬間のことをまた考えてしまうのだった。こうやって、今までに何度考えたかすら分からないぐらい自分に答えのない問いを問い続けてきた。多くの運命のボタンのかかり方によって、結果的に重度の障がいと共に生きることになった尚くん。どこかでボタンが違ったら、何でもなかったはず、という想いは今も消えないままだった。

どんなに抗っても運命を変えることはできず、ようやく受け止められて覚悟をもって育てていこうとするとそれが裏切られ、思いもかけず二年三カ月という短い人生でこの世を去って逝った尚くん。彼の人生は何だったのだろうか？　彼の生きた意味は何だったのだろうか？　何のために生まれてきたのだろうか？　そして今も、尚くんのように重い運命を背負って生きる子どもたちがいる。彼らの人生を知ってしまうと、自分の人生を考え直さずにはいられない。自分は彼らほど懸命に生きてきただろうか、自分は今、彼らのように懸命に生きているだろうか……と。

夜中になって長女と次女がぐっすり眠ったので、録画してためておいたハートネットTVを観た。二回連続でALS（筋萎縮性側索硬化症）を取り上げていた。手足・のど・舌の筋肉や呼吸に必要な筋肉がだんだんやせて力がなくなっていく、極めて進行の早い難病。非常に恐ろしく残酷な病気だ。難病と闘う広告プランナーのヒロこと藤田正裕さん（三五）。

この録画を観ながら涙が止まらなかった。ヒロさんの凄まじいまでの強さ、そしてその強さの裏に隠れている流したであろうたくさんの涙を思った。そして思い出したのは、尚くんを育てていて、「凄いね」、「強いね」、「なかなか佐々さんのようにはできない」と私自身がよく言われたときのことだった。かつては私も、障がい児を育てているお母さんに出会って、何て強い人なのだろうと思ったことがある。でも、その強さを感じさせる裏には、孤独や絶望と闘い流してきたたくさんの涙があり、それを乗り越えてきた今があるからこそ感じさせる強さなのだと思う。その強さの裏に隠されている涙を思いやることができる人間になりたい、そんな人間に子どもたちを育てたいと思う。

そしていつももう一つ思うのは、比べることに何の意味もないということ。ある人は、「そんなことを言ったって、重症心身障害児の親になることより、ＡＬＳ当事者のほうがよっぽど辛いし、大変だよ」と言うかもしれない。確かに、そうかもしれない。自分の体が日々蝕まれていく状況を受け止めるしかない世界。果たして、私に耐えることができるだろうか？　そんな世界で生きていけるだろうか？　私は、重症心身障害児の親であったけれど、ＡＬＳ当事者ではないから、実際に自分がどちらを大変だと感じるかという比較をすることはできないし、どう感じるかは分からない。でも、そもそも比較することにどれぐらいの意味があるのだろうか、なぜ比較しなくてはいけないのだろうか、と私は思ってしまう。二つのことを比較してみてどちらかのほうがより大変だと分かったからといって、もう一方が大変でなくなるわけでもないし、何のためになぜ比較するのかの意味がよく分からないからだ。どちらがより大変なのかを比較することよりも、障がいをもつ子の子育てだって、障がいをもたない子の子育てだって、それぞれの状況に応じた大変さはやっぱりあって、大変だという思いを抱えているのなら、それに対して何らかの手を差し伸べていけるようにする、それが必要なことなのではないかと単純に思ってしまう。それではいけないのだろうか？

○佐伯駿君の訃報

五月十一日。この日、尚くんが亡くなったときと同じぐらいの衝撃が私を襲った。それは、重い障がいを抱えて生きてきて二四歳となった駿君の訃報だった。連絡をもらったとき、何を言っているのか一瞬、わけが分からなかった。何かの間違いなのではとも思った。駿君には、かつて熊本県に住む友人の所へ遊びに行った機会に、直接お会いしたことがあった。お母さんと二人三脚で絵の創作に取り組んでいる駿君は、尚くんが生まれて以降は親子で私たち親子の支えであり、私と尚くんが将来的な目標にしていた親子の姿でもあった。尚くんの生前は、成長したら二人一緒に創作活動ができるかもしれないと夢見ていたこともあった。

尚くんが亡くなった後は、今年は難しいけれど、来年あたりに駿君とお母さんを秋田に招いて、展覧会を開催したいと密かに計画していたのだった。それらの全てが、無情にも一度に失われることになったのだ。それより何より、お母さんが今、一体どのような気持ちでいるかと思うと、いたたまれなかった。尚くんとの二年三カ月の月日を思い、当初は受け入れることができなかった尚くんの障がいを少しずつ受容し、前を向いていけるようになるまでの長かった時間を思った。これからというときに私のもとを去って逝った尚くんに対し、二四年間という長い時間を親子で色々な局面に向き合いながら過ごしていたはずである。二四年間を果たして長いと言うのか、短いと言うのか分からないが、お母さんの中で生活の一部に組み込まれていた大きな駿君の存在が消えたとき、どれだけの寂しさを感じていることだろうか。そして、尚くんが亡くなったときの自分の気持ちも蘇ってきてしまい、私にはかける言葉が何も見つからなかった。

この日一日、駿君のことを思いながら過ごした。私がずっと大切にしてきて、尚くんとのお別れの会でも朗読してもらった本をお母さんに送らせてもらった。

○尚くんの存在を姉妹にどう伝えていくか

六月七日、尚くんの納骨の日。

私は尚くんが亡くなった日に、尚くんの魂は肉体から離れて自由になったと信じている。苦しかった呼吸が、意志をもって動かせなかった手足が、楽になり自由を取り戻したのだと信じているし、そう信じたい想いが強い。だから、納骨ということ自体にはそれほど強い感傷はなく、私にとっては一つの区切りという印象だった。ただ、尚くんと共に生きていた日々や亡くなった日のことを思いだし、荼毘に付した後の尚くんの小さな骨を集めた虚しさが蘇ってきて、何とも言えない辛さと寂しさと悲しさの入り混じった感情を私に起こさせたことも一つの事実だった。

四歳を過ぎていたから、尚くんのことをある程度理解し覚えている長女のMに対して、まだ○歳だったから尚くんのことが全く記憶に残っていないだろう次女のN。これから成長していく彼女に尚くんのことをどう伝えて理解してもらっていくかは大きな課題だった。私にとっては今でも尚くんは家族の一員で、長女のMと話をしている中でも尚くんはたびたび登場してきており、彼女の中にしっかりと尚くんは存在している。一方で、次女のNの中には、今、尚くんは存在しているのだろうか？　尚くんをどうやって彼女の中に存在させ生かしていくかということは、今

３人並んでゴロン

後の私が取り組んでいくべき一つの課題として浮かび上がってきた。

○鼎談会「秋田の子育てを考える〜それぞれの現場の視点から〜」

六月二十八日、ＮＡＯのたまごの代表である私、副代表であり保育士の鈴木聡子さん、そして顧問であり小児神経専門医の澤石先生の三人で「秋田の子育てを考える〜それぞれの現場の視点から〜」と題した鼎談会を開催した。二月十四日に開催した尚くんとの生活について話をした講演会では、パネルディスカッションも行うという盛りだくさんの内容となったため、質問を受ける時間を取ることができなかったこともあり、参加した人と色々な話を共有しながら進める時間をつくりたいと考えて少人数で開催したものだった。

参加者はスピーカーも含めて全部で一八名。今まさに子育てで大変なのです！　というお母さんの状況について、何をどうしたらいいかをスピーカー三名のそれぞれの考えや方法を話したり、これから病児のための保育園や障がいをもつ子どもも通える保育園を創る上で、どうやって心のバリアフリーを実現していくかを考えたいという方がいたり、もう成人した障害をもつお子さんがいて、今は以前より子育てしやすくなっているのかを知りたいという方、福祉の現場で働く方、保育に携わる学生たちの先生など、様々なバックグラウンドをおもちの方が、それぞれ必ず一言はお話しする、参加者全員が、お互いの話を聴き合う、そんな嬉しい時間だった。「うーん……。泊まりがけで、エンドレスでやってみたい！」と思ったのは私だけかもしれないけれど、時間が許せば、いつまでもどこまでも話が続いたような、そんな予感もさせる充実のひとときだった。

○デンマークとのつながり

七月十七日、一泊二日で次女のNを連れて都内に足を運んだ。それは、デンマーク在住の日本人女性三名：MorMorMor（モアモアモア）が行う「世界一しあわせな国の教育のお話」というお話会に参加することが目的だった。日本を飛び出しデンマークへ渡った彼女たちを惹きつけたデンマークのそれぞれの教育の魅力をたくさん聞きたいと思ったし、これから私がNAOのたまごの活動を行っていくなかで、参考になる話も聞けるだろうし、これから色々な相談や情報を共有していくこともできるつながりをつくりたいと考えたからだった。

お会いしたのは、知的障害をもつ自閉症児のための特別支援学校に勤務するAさん、公立小学校併設の特別支援学校に勤務するEさん、公立保育園に勤務するMさんの三人のお母さんたちだった。

印象的だったことは幾つかあるが、そのうちの一つは、自閉症の子どもたちのための特別支援学校のカリキュラムとして「きょうだいの日」があるということ。学校として、障がいをもつ子ども自身だけでなく、その家族であるきょうだい児にも目を向けているということが私にはとても新鮮に感じられた。尚くんは学校へ通う前に亡くなってしまったから、日本の特別支援学校ではどのような年間行事が組まれているかなどの具体的なことは残念ながら私は知ることも体験することもできなかったが、きょうだい児にも配慮されたカリキュラムとなっているといいのだが……と思った。

○バリアフリーコンサートで再び尚くんに誓ったこと

九月二十二日、とうとう待ちに待ったバリアフリーコンサートの当日。私がいつも癒されてきた石塚まみさんと苫米地義久さんの音。尚くんを育てながら、いつも尚くんに聴かせ続けていた音。母子入院中も共に聞いていた音の一つ。尚くんに生の音を聴かせたいと願い、それを一つの目標にして生き延びていた日々。久しぶりにお二人の生演奏を聴ける日がとうとう来たのだった。

もし尚くんが生きていたら、この時期にバリアフリーコンサートの開催など一〇〇％あり得なかった。そんな準備をする時間は一秒たりともなく、ひたすら尚くんの診察、リハビリ、介護、そして他の二人の子どもの子育てに追われる日々だっただろう。そして三番目の次女のNが立って歩き回れるようになった今頃は、再び、壊滅的な状況に陥っているだろうことは想像に難くない。尚くんが生きていたらまだまだ実現できなかったバリアフリーコンサート。尚くんが亡くなったことで実現できたバリアフリーコンサート。ＮＡＯのたまごの立ち上げとその後の今までの活動も、バリアフリーコンサート開催に向けての準備も、尚くんが生きていたらできなかったことであり、生きている尚くんのためにやりたかったことでもあるというこの矛盾する状態に、いつも私は密かに心を揺さぶられ複雑な想いを感じ続けてきた。そして、もし尚くんが生きていてこのコンサートに参加していたら、どんな笑顔を返してくれただろうかと、ついつい思ってしまうのだった。

二月にバリアフリーコンサートを開催すると宣言してしまった私。本当に開催することができるのか、開催したら一体何人くらいの人が集まってくれるだろうかと内心気が気じゃなかった。

ところが、ふたを開けてみると、スタッフも含めて百名を超える人が集まってくれた。会場の定員が百名だったので、スタッフは会場外に出て入れ替わりながら聞くほどの大盛況だった。私にとっては奇跡のような時間だった。しかも参加した人は〇歳の子どもからお年寄りまで。もちろん障害のある人もない人も当たり前のようにそこにいた。

演奏者の石塚まみさんが登場してきたところで、誰でも気軽に前に出てこられるようにと、私は真っ先に自分の子どもを連れてピアノのすぐ前に敷かれたシートの所に座り込んだ。主催者である私が一番前のこんないい席に座っていいのかという思いもあったが、何よりも自由なスタイルで参加できるのだという雰囲気を伝えたかった。すると、一曲目から何人かの子どもたちがピアノの側に集まってきた。弾いているピアノの中を覗き込んで見る子ども、ピアノの側面を触って振動を確認する子ども。そして最初の曲目が終わったときの石塚まみさんの言葉。

「何か私、最初から感動しちゃった。いや〜、私の理想なんですよ。こうしてピアノの周りに集まって……」と。そして最初から最後まで、言葉では何とも言い表せない不思議な空気が会場内に漂っていた。私自身も、「そう、これ、これ、これが私の思っていたバリアフリーコンサートの形だ！」という嬉しく楽しい気持ちでいっぱいだった。もちろん、途中、尚くんとの想い出の曲が流れて、そんなつもりはなかったのだけれど涙が溢れてしまい止まらない瞬間もあった。

コンサート終了後は、参加した方から、また来年も企画してほしいという言葉もかけてもらえた。私にとっては最高の褒め言葉だった。参加した方々は気がつかなかったかもしれないが、会場内には複数のスタッフを配置しており、障害をもつ方やお子さんたちに危険がないように、またピアノやサックスに演奏の妨げになるような形で触れてしまう行為が未然に防げるように見守るようにとお願いして待機してもらっていた。そのスタッフが何度かピアノの鍵盤に触ってしまいそうな瞬

コンサート中にピアノにつかまり中を覗く少女

間を、さりげなく子どもの気を損ねないように対応していた姿に私は感動していた。心配性な私は、スタッフ多すぎ?!　と言われるぐらい、色々な方に様々なお手伝いをお願いしていた。一人ひとりと事前に話をして、この方にぜひ！　と自信をもってお任せできる信頼できる人が大勢集まってくれたおかげで、今回のバリアフリーコンサートは大成功に終わったと思っている。

今まで何度か書こう書こうと思いながらも書くことができなかった私の胸のうちがある。今回、無事にバリアフリーコンサートを開催することができたので、尚くんへの贖罪を果たしたとの思いもあり、覚悟をもってここに記述することにした。それは、尚くんが亡くなったあの日のこと。ショックと驚き、悲しみ、寂しさという感情と共に一瞬私の中に過ぎった一つの感情。「**安堵……。**」

尚くんが亡くなったという現実に向き合ったとき、肩の荷が下りたような感覚があり、ホッと安堵したように感じた私がいた。その時の私の素直な気持ちを私は今まで表に出すことができず、誰にも話すこともできなかった。ホッと安堵したように感じた自分に対して、私が自分で罪悪感をもっていたからだ。弁解でも何でもないけれど、重症心身障害児を育てていくということは、例えるならとてつもなく重たい荷物を背負って生きているということだった。その重たい重たい荷物が急になくなったのだから、肩の荷が下りてホッとしたように感じたのは人としての素直な反応の一つだったのだと、今は当時の自分の感覚を分析することができる。そのことに罪悪感をもつ必要はないし、そのことを隠す必要もないし、そのことを他者から責められる必要もない。色々な思いや状況を乗り越えながら、私は二年三カ月という時を尚くんと共に生きていたわけだし、その時々で感情は乱れ揺れ動いたけれども、自分のなせる精一杯を尽くしたと思っている。安堵の気持ちはだからこそ感じた率直な思いの一つだった。

もちろん、時には情けないぐらいにダメな人間に陥ったこともある。逆に言えば、もし何も頑張っていなければ、ホッと安堵することもなく、何の感情も湧き上がってこなかったとも言える。頑張っていたからこその、力が抜けてしまった感覚だった。

今でも、尚くんに生きていてほしかったという気持ちはあるし、尚くんに会いたいと思っている。でも、それは気持ちの上での話。もし本当に、今、尚くんが生きている、生き返るなんてことが起こるのだとしたら、私は再び全く先が見えない不安だらけで心の落ち着きを失ってしまうような気持ちになるだろう。障がい児を育てるということ、重い障がいの子どもと共に生きるということは、口先だけで、気軽にできるものではない。その現実を生きている多くの人の頑張りに自然に頭が下がる気持ちになるし、大きなことはできないけれど、つまようじ一本分ぐらいでもいいから、支えになりたいと強く願っている。私にどこまでできるだろうか……という不安な気持ちを押し殺して、私は、自分の目指す道を進んでいくのだと、再び尚くんに誓った。

○笠羽美穂さんの講演会

九月二十三日。今日は、バリアフリーコンサートとのタイアップ企画として開催した、チャレンジド・プロジェクトによる講演会の日。講師は、尚くんをきっかけにして出会った笠羽美穂さんだ。笠羽美穂さんは重度の身体障がい者。私は重症心身障害児の親。私と笠羽美穂さんの立場は全く違うけれど、なぜかそれぞれが苦しみ、悩み辿り着いた場所は、同じところにあるように感じられる。

美穂さんの講演会は、意外にというと失礼かもしれないが、障がい者特有の辛い重苦しい雰囲気を全く感じさせることなく、とても面白いものだった。むしろ笑いの絶えない、参加した方々を楽しませるたくさんの工夫が凝らされたものだった。さすが〝車いす落語家〟とでも言えばいいのだろうか。そして、そんな前向きで明るい美穂さんの姿を見れば見るほど、私はなぜかここに至るまでの美穂さんの苦しみや悲しみに思いを馳せ、涙が止まらなくもあった。重い障がいと共に生きてきた美穂さんが辛い思いをしていないわけはない。当事者ではない母親の私でさえあれほどの思いをしたのだから、一体、美穂さんはどれほどの思いをしてきたのだろうか……。その思いが今の美穂さんをつくっているのだから、またしても複雑な心境だった。まさにチャレンジドな美穂さん。私自身の強い思いもあって、今人生の岐路に立っている障がいをもつ方々に話を聞いて欲しいと思っていた。

それもあって、高校生や中学生、小学生の障がいをもっている方やその両親への参加を呼びかけてきた。講演会の会場内には車いすの方が何人も見られ、また外見上は分からないものの内面に障がいなどをもつ方や障がいをもつ家族やきょうだいがいる方の参加も多数あった。

美穂さんのお話の中から私が書き留めた印象に残った言葉は三つある。一つ目は、日本の福祉の考え方に欠けているものは、「障がいがある当事者が自分で生き方を決める」自己決定の重要性と定着が極めて欠けている、ということ。二つ目は、美穂さんが考える自立は形式的に親元から離れて一人暮らしをすることではなく、自分の行動を自分で考えて行動し、その行動に対してきちんと責任をもつこと、ということ。そして三つ目は、なによりもまずは我が子の存在に感謝し、できることを見つけること、そのできることこそが価値へと変化する、というメッセージだった。

尚くんが生まれて重い障がいをもつと知ったときも、その後、発作が始まって増え続け、強い反り返りで大変だったときも、ついつい変えたくても変えられない現実ばかりに目が向いていた時期が私にも確かにあった。本当に大切なものが何か、自分でも頭のどこかで実は分かっていて、それでもそれを他の誰かから言われるとほとんどの場合受け入れることができなかった。本当に大切なものは、障がいの有無や、その障がいの程度ではなく、そこに存在していてくれることだった。そして、私はいつも、どうしたら尚くんが笑顔でいられるかを考え、首が据わらず寝たきりの尚くんの楽しみを追求していた。いつか先に私がいなくなったときに備えて、一人でも多く尚くんの理解者を増やしたいと、何でもオープンにして、多くの人に関わってもらう選択をした。そして、尚くんの人生も大切だけれど、自分の希望や望みも最初から諦めることなく可能性を探るようにしていた。できないこともたくさんあって、諦めたことも多かったけれど、ダメだと思っていたけれどやってみればできることもそれなりにあった。そして、尚くんと共にしてきたこと、尚くんと共に目指していたことが今の私の目指し続けているものでもある。苦しみも絶望も、そして楽しみも希望も、全て尚くんとの出会いから始まったのかもしれない。

もうすぐ、尚くんがいなくなって一年が経つ。あっという間の一年だった。尚くんが亡くなって悲嘆にくれるまま過ぎた一年ではなく、前を向いて私なりに生きてきた一年だったと尚くんに報告することができると思う。尚くんが生まれてから、私は今まで出会ってきたよりもより多くの様々な人と出会い、世界が加速的に深く、そして広がっていったことを実感している。友人・知人のいない秋田へ引っ越しをして、その上、ほとんど引きこもりのような生活をしていたのに、何と不思議なことだろう。そしてそれは今も続いている。もう会うことのできない尚くんが私に遺してくれた最大のギフトだ。そのギフトは留まることを知らない。私が必要としていたのは同情でも憐みでもなかった。障害者について知り、共に生きていくことは、間違いなくあなたの人生を豊かにする。これは今の私の確信であり、今、ＮＡＯのたまごが目指している社会の核心だ。

○尚くんからのメッセージ

十一月十日。尚くんの初めての命日がやってきた。あれからもう一年だという気持ちもあれば、まだ一年だという気持ちもある。人間というのは不思議で複雑な生きもので、相反する二つの感情を一瞬のうちに入れ替えながらもつものだ。尚くんが生まれて重い障がいをもつことになった現実を受け止めようともがいていた日々にも、尚くんと共に死んでしまおうと思う一方で、同じぐらい強く、尚くんと共に生きる道を懸命に探していたことがあった。

尚くんを出産した日、重い後遺症が残ることが現実となった日と同じように、一年前のこの日は自分の人生の中で決して忘れることができないだろうし、忘れたくない運命とも言える日の一つだ。何が起きているのか、何が現実なのかも分からないぐらい混乱し、戸惑うなかで信じがたい現実と直面した日なのだ。

そして、尚くんの笑顔にもう二度と会えなくなってしまった日。あれから一年。あっという間のようでもあり、遠い過去のようにも感じられる不思議な感覚の一年を私は過ごしてきた。尚くんと共に生きていたときと、尚くんがいなくなった今では、生活のスタイルも時間の流れも何もかもが全く変わっている。これが、重い障がいの家族がいるかいないかという大きな大きな違いであり、そのことそのものが、尚くんとはもう会えないのだという事実を私に突きつける日々でもあった。それでも私は、尚くんと過ごしてきた苦悩の日々をある意味支えにしながら、今日まで過ごしてきたようにも思える。

そんな様々な葛藤を抱える日々のなか、私はある文章に出会った。私はこれを、言葉を一言も発することができなかった尚くんからの私へのメッセージとして大切に受け取っている。その文章とは次のようなものだ。


「これが私の出す最後の手紙であるかもしれないのに、本当に何を書いたらいいのか分からない。

今生の別れの言葉は何がいいのか思いつきやしない。

私はもう一度生きたい。病気を克服してもう一度生きたかった。

ありがとう。

私のために泣き、苦しみ、疲れ、身を捧げんとしてくれた人たちへ。

人間は誰かの役に立ちたい、救ってあげたい、また、誰かの何かのために死にたいと理想をもつ。

自分の生が、死が意味あるものでありたいと思う。

少なくとも私にとってあなたがたの生は意味あるものであるだけではなく、なくてはならないものとして存在している。

あなたがたは、勇気ある強い人間だ。あなたは人を救ったんだという満足感と自信に満ちあふれて生きていってほしい。
あなたは私にとってなくてはならない人です。
そう思って、あなたに心から感謝と尊敬をしている人がいることを忘れないでほしい」

これは『一〇〇〇人の患者を看取った医師が実践している 傾聴力』という大津秀一氏の本を読んでいて出会った言葉だ。一七歳で白血病で亡くなった女子高生が書いたものということで本の中で引用されていた。私は、この文章から溢れてくる思いに圧倒された。そしてこの文章に支えられながら、尚くんの生を、そして死を意味あるものにしたいといつも考えながら生きている。

○おわりに

今年度の企画として行ったＮＡＯのたまごが主催の二つの大きなイベント、みんなで創るバリアフリーコンサートと笠羽美穂さんの講演会が終了した。尚くんとの別れの寂しさを忘れるように、そして矛盾するけれども忘れることのないように、私は今日までひたすら前を向いて突き進んできた。今後も、バリアフリーコンサートと障がい児者やその家族の講演会を毎年開催していきたいと考えている。
敢えて「バリアフリーコンサート」という名称にしなくても自然に様々な人が集うことがで

きる日がくるまで続けていければと願っている。そしてこの先も心のバリアフリーが浸透する社会を目指して、あれが必要、これが必要というように、こんなことをすればいいのではないかというようなアイディアがいくつも浮かんでくる。これらのアイディアを具体化することは、全て私一人の力でできたことではないし、これからも私一人の力で行っていくことはできない。そして、私たちの「ＮＡＯのたまご」がどんなに頑張って活動したとしても、容易に心のバリアフリーが浸透した社会にならないことも、誰よりもよく自覚している。そんなに簡単に達成できることならば、既に誰かが行い、達成していたであろうし……。自分でも、何て無謀なチャレンジを選択してしまったのかと時々思うこともある。

しかし、尚くんが生まれたことで得た多くの苦しみ、悲しみ、辛さ。そして尚くんと自分に課された運命を受け止め、共に生きる覚悟を決めた後になっての尚くんとの衝撃の別れが私を動かしている。尚くんが背負っていくことになった障がいを受け止めたとは言っても、完全に受け容れたと言える状態だったわけではない。心の中ではずっと行きつ戻りつしながら生活していた日々だった。しかし、それが突然に途絶え、またしても何をどこから仕切り直せばいいのかも分からなくなった瞬間のことは、尚くんに重い障がいが残ることを聞いた日と同じぐらいの衝撃を私に与え、今も忘れることはできない。

たった二年三カ月の尚くんと共に過ごした時間は、その前の私の人生の中で得てきたものをすっかり塗り替えてしまうほどの重みのあるかけがえのない時間だった。人生は一度きりだとか、今を精一杯生きるだとか、数多くの自己啓発の本を読んできた私。どれを読んでも一時的なその場しのぎで、時期がたつと気持ちは薄れ、瞬間的な自己啓発に終わってきた。中には、「まあ、言葉ではそういうけれど、それってただのまやかしなんじゃないの?」とすら思っていた内容の本もあった。けれど、尚くんとの出逢いは、これらの本のどれよりも私の人生に衝撃を与え、私の心に持続的な大きな変化をもたらしてくれた。これが、まさに力なき者の力だと思う。尚くんが私の人生に与えたインパクトは、半端なく大きなものだった。家族にいたからこそ逃げることが許されず、全力で向き合わなければならず、大きな困難をもたらした。そして生きる意味を突きつけられた。

人生で今が一番大切、輝いているのはいつもこの瞬間、今まで読んできた自己啓発本の数々の言葉が、とても素直に、しかも実感をもって受け容れることができる。この感覚を、実感を、私はもっと多くの人に味わってもらいたいと思っている。そして、それぞれの一度きりしかない人生をもっと輝かせることにつながればと本気で思っている。そんな今の私になるために、尚くんとの出逢いは必要なものだったという気がしている。

余り書くと大げさかもしれないが、私は心からそう思っている。でも、そうではあっても、もう一度同じような経験をすることを望むかというとそれはそうではない、そんな簡単なものではないというのも私の素直な気持ちだ。尚くんとの生活は本当に辛かったのは紛れもない事実として存在するからだ。家族に障がい者がいることは、綺麗事だけでは済まされない。

これは、あくまで私の個人的な意見だが、制度は人がつくるもので、この先いくら要求しても、誰にとっても満足のいく制度というのはつくれないだろう。人それぞれに個性があるように、障がいをもつ人も同じ障害だからという理由で一つに括り、必要な支援をリストアップできるほど単純なものではない。その人の家族構成や住環境、友人関係や趣味などによって希望する支援は変わってくるだろうし、そもそも障がい者と健常者の間に明白なライン引きすることができない、いわゆるグレーゾーンと言われる方もいるわけで、どこかで線引きして分けて対応する制度があることで、逆にその制度の狭間に落ちてしまうこともある。

心のバリアフリーが浸透し、誰もが住みやすい社会になるために必要なもの、それは、制度をもっともっと整えていくことではないように思う。むしろ、制度として大きな枠組みをつくることは必要だが、その上で、どこまで個別の要望に対して福祉に関わる人だけではなく、社会全体として対応しようとするか、当たり前に個人の意思が尊重されるべきだという社会の合意のようなものが必要だと思う。それがつまり、私の目指している心のバリアフリーの浸透した社会なのではないか。

そしてそんな社会を創るために、社会全体から見れば本当に小さな小さな一歩だけれど、私は「ＮＡＯのたまご」という会を立ち上げ、再び尚くんと共に歩みを進めている。このたまごから何が生まれ、この先どう育てていくかは私にもまだ分からない。尚くんとの何らかのつながりの中で出逢った沢山の協力してくださる方々、そしてこれから出逢うであろう多くの方々と共に楽しみながら生きていくと、私は決意を新たに進んでいる。

註

ＮＡＯのたまごの情報は、ホームページまたはFacebookページにてご覧いただけます。
http://naonotamago.wix.com/home
http://www.facebook.com/nao.barrierfree

二〇一四年	10月16日	学生ボランティア依頼のため、聖園短大の担当者と打ち合わせ（尚くん、次女Nを連れて３人で出かける）	
	10月19日	秋田植物園、大平山リゾートの下見、藤倉水源地への散歩	
	11月１日	次女の誕生記念植樹のため湯沢市駒形町の祖父の実家へ行く 自分の誕生記念植樹した木と写真を撮る	
	11月７日	長女の保育参観に次女と参加する。子どもたちに囲まれニコニコ過ごす 午後は中通リハビリテーション病院へ	
	11月10日	急性気管支肺炎のため永眠	

二〇一三年	11月９日	泉弥高神社で　長女の七五三参り
	11月23日	記念植樹の雪囲いのため湯沢へ　尚くんの樹と記念撮影
	11月23日	その後、小安峡温泉へ（よし川へ宿泊）
	12月５日	朝から42℃の発熱　秋田市立病院の救急受診 肺炎のため入院　長女も体調不良のため姉弟入院
	12月６日	血液検査の結果が悪くDICの疑い　ICUへ移される 人工呼吸器を付けることを迫られる
	12月７日	容体が悪いため秋田大学病院へ転院　救急搬送される
	12月20日	退院
二〇一四年	１月６日	２回目の母子入院　（～16日まで）
	２月９日	秋田空港のイベントへ
	３月１日	大曲(たまごの樹)を経由し小安峡温泉に宿泊温泉旅行(秋仙に宿泊)
	３月２日	農家レストランゆう菜屋でランチ
	3月中旬～	入所へ向けて ショートステイを増やし始める
	３月25日	３回目の母子入院　（～28日まで）
	４月14日	第３子出産のため療育センターに入所
	６月２日	夫が３回目の肺炎になる
	６月９日	療育センターを退所 家族５人の生活スタート
	８月２日	2歳　誕生日でモンブランのケーキを喜んで食べる
	８月７日	県立美術館へ　藤田嗣治の「秋田の行事」を観る
	８月９日	湯沢へお墓参り　小安温泉郷へ宿泊での温泉旅行（よし川へ宿泊）
	８月10日	増田の内蔵を見て回る
	９月６日	長女の幼稚園の運動会へ
	９月13日	農家レストラン清流の森へ、その後日帰り温泉（最期の温泉）
	10月２日	生涯最初で最後のチェロの生演奏を聴く
	10月12日	旧県立美術館で秋田の障がい者の方の作品展 アールブリュット６人展「飛ぶ　こころ」を観る

二〇一三年	3月29日	経口摂取が難しくなり、経管栄養となる	一歳まで
	4月8日	初めての母子入院（療育センター　2週間）	
	5月5日	大潟村 桜・菜の花まつりへ	
	5月12日	田沢湖へ　農家レストラン＆日帰り温泉旅行（駒ヶ岳温泉）	
	5月26日	芝桜を見に大森公園へ　義父の実家で記念植樹と写真撮影、さらに日帰り温泉に入り家に戻る	
	6月8日	小坂町、十和田湖方面へ　お昼を食べ、日帰り温泉に行く	
	6月15日	長女Mの保育参観で幼稚園へ	
	6月16日	萩形平のキャンプ場を下見　川原で遊ぶ	
	6月22日	強首温泉 樅峰苑へ　ランチと温泉の日帰り	
	7月17日	センターでの母子通園を体験	
	7月18日	音楽療法を体験	
	7月25日	中通リハビリテーション病院　初診　冬期のリハビリ確保の準備	
	8月2日	1歳になる	
	8月3日	友人Oが秋田来訪のため、夜は外食へ	
	8月4日	友人Oとゆう菜屋でランチ＆強首温泉 樅峰苑へ　夜、家族4人、自転車で竿灯を見に出かける	
	8月9日	中通リハビリテーション病院のリハビリ開始（毎週金）	
	8月10日	自転車で雄物川の花火を見に行く	
	8月13日	お盆のお墓参りで湯沢市駒形へ　森のバスで温泉入浴	二回の肺炎
	8月25日	藤城清治の世界展を観に秋田ふるさと村へ	
	9月7日	前日38.1℃の発熱　朝39℃の発熱で小児科受診　肺炎のため秋田赤十字病院に入院	
	9月12日	退院	
	9月15日	夫が体調不良、その後肺炎（2回目）と判明	
	9月18日	音楽療法を開始する	
	9月19日	第3子　妊娠確認	
	11月7日	長女の保育参観で幼稚園へ	

手伝える大人が1人いるだけで、外出が格段に楽になる。

尚くん年表

二〇一二年	8月2日	誕生　常位胎盤早期剝離のため、緊急帝王切開 生後すぐに脳低体温療法を受ける	NICU・GCU時代
	8月16日	哺乳瓶でミルクをあげるが上手に飲めず違和感	
	8月19日	母乳をあげてみるが舌に絡まない。嫌な予感がする	
	8月31日	前日に撮ったMRIの結果、脳に重度の後遺症	
	9月19日	夫が会社を退職するため、引っ越し	
	9月4日	主治医から、退院予定を振り出しに戻したいと言われる	
	9月25日	生後54日で退院	
	9月末	夫は秋田へ 母子家庭生活スタート（母1人、子2人）	東京時代
	10月18日	秋田への引っ越しを準備するため乳児院へ（～24日まで） 県立医療療育センターの受診予約 引っ越し先の決定	
	10月30日	痙攣が出始める　3カ月前後に大泉門閉じる	
	11月25日	秋田へ引っ越し……車で移動	経管栄養になるまで
	11月26日	途中一泊して、秋田へ到着	
	11月27日	第一回　療育センター受診	
	12月4日	夫が肺炎になる	
	12月10日	秋田赤十字乳児院へ預ける	
	12月19日	秋田赤十字乳児院へ預ける	
	12月	養育支援訪問が年明けから開始出来ることが決定	
二〇一三年	1月2日	初めての温泉 日帰りでユアシスへ　痙攣増加。哺乳量減少。眠れない日々が続く	
	1月8日	訪問看護　開始	
	1月10日	養育支援訪問　開始	
	2月	ミルクの摂取量が低下し続ける。口腔リハを求めてさまよう	
	2月20日	口腔リハビテーションの訪問を開始する	
	2月22日	初めてのレスパイト（療育センター）	
	3月23日	しまじろうのファミリーコンサートに行く（秋田ふるさと村）	

あとがき

人生なんて、石ころ一つでひっくり返るものなのだと、私は三十代後半にして初めて深く思い知らされた。頭のどこかではどうしても変えられない運命はあるものだと何となく分かってはいても、現実にそれが自分の身に起こるとはなかなか想像できないもので、今まである程度自分の思い描いていた通りの人生を歩んでいた私には、とても辛い経験だった。考えてもみなかった事態に直面し、自分の甘さや弱さを思い知らされたけれど、とにかくその現実を受け止めて、立ち上がって乗り越えるしかない、それが生きることを自ら止めることができない人生なのだと身をもって体験した。

この本は、同じようにひっくり返ってしまった人生を乗り越えなければならない人にとって少しでも支えになればと思い、綴った私の備忘録的なものだ。できる限りその時点での私のありのままの感情を残したい……と思ったため、当時の私のナマの気持ちを記しているので、本当ならお世話になっていて感謝しなければならない医師や友人たちへの批判や恨みごとのような部分も書かれていて、今から思うと自分の狭量さが恥ずかしく、申し訳ないと思う面もある。しかし、それが追い込まれた状態の私の精いっぱいの思いだったということで寛大な心で許してもらえれば嬉しい。

また、この本が将来子どもを産むことになる女性たちの役にも立つものであったら嬉しいとも思っている。私が経験した常位胎盤早期剝離という状態は原因が解明されておらず、現在の医学ではいつ誰に起こるか事前に分かることができないものである。でも、もしかしたら事前に知識としてもっていれば、子どもに残る後遺症を少しでも軽くすることができるかもしれない。妊娠・出産は女性にとってはある意味、命をかけた人生の一大イベントである。脅かすわけではないが、それは絶対的に安全なものではない。むしろリスクの高いものだと思っていたほうがよい。

私も最初の子どもを妊娠した際、書店などで妊娠・出産に関する本を購入して読んでいるし、その後の妊娠・出産の際にも読み返したりしたが、そこにはほとんど妊娠・出産におけるリスクについて具体的な記載がされていない。そのため、言葉として知っていてもイメージすることができない。常位胎盤早期剝離は、全分娩の〇・五〜一・三%程度に起こり、そのうち重症例は全分娩の〇・一〜〇・二%程度発症するということらしい。割合的に発症することは少ないからと、あまり妊婦を不安にさせるのは良くないと考えられていて、あまり説明されないということなのだろうか？

「もし私が、常位胎盤早期剝離についての知識をもっとちゃんともっていたら、一人目の出産の経験を基に、ぎりぎりまでお腹が痛くなるのを待たず、もっと早く産婦人科に駆け込んでいたかもしれない。妊婦健診の翌日だからと言わず前日の夜の前駆陣痛を気にして、産婦人科に行っていたかもしれない。そうしたら、尚くんの帝王切開ももっと早くできて後遺症が残らなかったかもしれない」。これらは可能性の話にすぎないが、私が何度も何度も、そして今でもふとした瞬間に思ってしまうことでもある。尚くんが亡くなった今ですら、過去を振り返ると真っ先に思い浮かぶ「もしも」の世界だ。

もちろん私も夫も、その場の状況でできる限りの最善の努力をしている。そして産婦人科医もその場でできる最大限の努力をしてくれただろうし、新生児小児科医も最大限の努力をしてくれたのだろう。しかし、そうした後悔の思いはこの先も消えることはない。知識があれば防げたかもしれないことについて、できる限り後悔する人が少なくなるように、もっと義務教育の中で、または妊娠中の母親学級の中で知識として教えていくべきだと思う。私は妊娠と出産にまつわる様々なリスクについて、たとえ実際に直面するのがごく一部の人だったとしても、事前にしっかりと知る機会があればよかった、教えておいてほしかったと考えていて、そのことが悔やまれてならない。数が少ないから、敢えて不安を煽るべきではないとの理由からなのか分からないが、人は知識を多くもっていればいるほど、もしものときに適切に対応できるものだと思う。この点は、障がい者と健常者とがもっと接して、障がいや障がい者について知ることについても全く同様だと考えている。

知らないこと、無知であることは悲しいことであり、とても残念なことでもある。私は、尚くんが産まれたことで、生きていく上で必要なことをあまりにも知らずに自分が生きてきていたことを日々、実感させられていた。尚くんとの出逢いで私のアンテナは、以前とは別の方向にも延ばされることになった。そして、そのアンテナに引っかかってくる障がいをもつ方に出逢うたびに、新たに教わることばかりである。尚くんのことがあったからではなく、その前から、もっと障がい者も健常者も当たり前に入り混ざった世界の中で私は生きてきたかった。そうすれば、尚くんとの二年三カ月の時間が、そのスタートのときからもう少し生きやすいものになっていたのではないかと思う。この世に生きて生かされている人々が、それぞれの望む人生を生きていけることを、自分の場合も含めて願い、祈っている。

佐々百合子（ささ・ゆりこ）

一九七五年生まれ。二〇〇〇年、東京大学大学院理学系研究科生物科学専攻修士課程修了。

二〇〇四年一月弁理士登録。

製薬会社勤務のかたわら、二〇一〇年三月、第一子出産（産休・育休取得）。二〇一二年八月、第二子出産（産休・育休取得）。二〇一四年四月、第三子出産（産休・育休取得）。二〇一五年退社。

二〇一四年十一月に第二子が亡くなったことから、重症心身障害児を育てている家族支援の具体化や障がい児者への理解を推進するため任意団体「NAOのたまご」を設立。ソフト面のバリアフリー（＝心のバリアフリー）を進め、健常者と障がい者とが共生して暮らしていける社会の実現を目指したいと考えている。

あなたは、わが子《こ》の死《し》を願《ねが》ったことがありますか？
——二年《ねん》三カ月《げつ》を駆《か》け抜《ぬ》けた重《おも》い障《しょう》がいをもつ子《こ》との日々《ひび》

二〇一六年四月二十日　第一版第一刷発行
二〇一六年六月二十日　第一版第二刷発行

著　者　佐々百合子
発行者　菊地泰博
発行所　株式会社現代書館
東京都千代田区飯田橋三-二-五
郵便番号　102-0072
電　話　03（3221）1321
ＦＡＸ　03（3262）5906
振　替　00120-3-83725
組　版　具羅夢
印刷所　平河工業社（本文）
東光印刷所（カバー）
製本所　越後堂製本
装　幀　渡辺将史

校正協力・高梨恵一
 ISBN978-4-7684-3546-5
定価はカバーに表示してあります。乱丁・落丁本はおとりかえいたします。
http://www.gendaishokan.co.jp/

活字で利用できない方のための
テキストデータ請求券
『あなたは、わが子の死を願ったことがありますか？』